100km

일러두기

이 책의 우측 하단에는 주인공 미치루가 100킬로미터를 걷는 모습이 동영상으로 재미있게 표현되어 있습니다. 책을 본문 맨 앞 페이지부터 빠르게 넘겨 보면 미치루가 씩씩하고 경쾌하게 걷는 모습부터 차츰 힘에 부쳐 땀을 흘리며 힘들어하는 모습, 그리고 너무 힘들어 자리에 주저앉았다가 다시 힘을 내서 걷는 모습까지 생생히 확인할 수 있습니다.

100km!

© Yuko Katakawa 2010
All rights reserved.
Original Japanese edition published by KODANSHA LTD.
Korean publishing rights arranged with KODANSHA LTD.
through EntersKorea Co., Ltd.

이 책의 한국어판 저작권은 (주)엔터스코리아를 통해 저작권자와 독점 계약한 작은씨앗 출판사에 있습니다. 신 저작권법에 의하여 한국 내에서 보호를 받는 저작물이므로 무단전재와 복제를 금합니다.

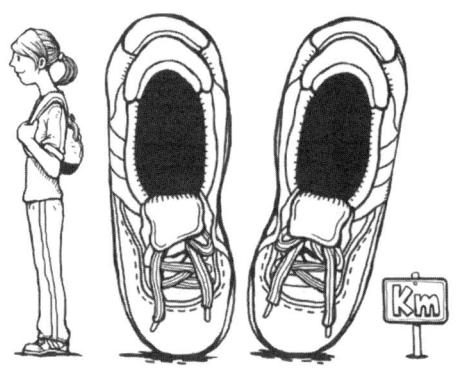

100km

가타카와 유코 지음 | 홍성민 옮김

100km

지은이 | 가타카와 유코
옮긴이 | 홍성민
초판 1쇄 발행 | 2012년 6월 5일

발행처 | 도서출판 작은씨앗
공급처 | 도서출판 보보스
발행인 | 김경용
책임편집 | 이재두
외부 기획스태프 | 홍성민
디자인 | 파피루스
일러스트 | 무슨 (http://moosn.com)

등록번호 | 제300-2004-187호 등록일자 2003년 6월 24일

주소 | 서울시 서초구 서초동 1355-17 서초대우디오빌 1008호
전화 | (02)333-3773 | 팩스 (02)735-3779
이메일 | ky5275@hanmail.net

ISBN 978-89-6423-142-5 03830

값은 뒤표지에 있습니다.
잘못된 책은 구입하신 서점에서 바꾸어 드립니다.

이 도서의 국립중앙도서관 출판시도서목록(CIP)은 e-CIP홈페이지(http://www.nl.go.kr/ecip)와
국가자료공동목록시스템(http://www.nl.go.kr/kolisnet)에서 이용하실 수 있습니다.
(CIP제어번호:CIP2012002210)

차 례

 "100킬로 걸어 보지 않을래?" … 9

은혜의 비 … 20

망가진 장난감 립스틱 … 64

"축하합니다, 50킬로미터입니다!" … 78

기권 버스의 유혹 … 89

"물집이 터졌을 뿐이야!" … 115

82킬로미터를 넘으면 포기하는 사람이 거의 없는 이유 … 130

무나카타 할아버지와의 짜릿한 재회 … 140

결승점에서 만난, 휠체어 탄 엄마 … 147

외삼촌이 대회 직전 사라진 이유 … 161

저자 후기 100킬로미터 걷기가 내게 선사해 준 소중한 깨달음 … 169
역자 후기 나를 깨워 새로운 나를 찾기 위해, 걸으세요! … 172

Let's go!

"지도는 더 이상 중요하지 않았다.
진짜 중요한 것은
지금 걷고 있느냐 걷고 있지 않느냐였다.
나는 걷는 쪽을 택했다!"

본문 중에서

"100킬로 걸어 보지 않을래?"

'대체 내가 여기서 뭐하는 거야!'

걷기 시작한 지 한 시간도 채 안 되어 그런 생각이 들었다.

"100킬로 걸어 보지 않을래?"

외삼촌 입에서 뜬금없이 그런 말이 나온 게 언제였더라? 엄마는 회사에 다녔고, 나는 교복을 입고 있었으니까 아마 여름방학이 시작되기 전이었을 것이다.

어느 날, 학교에서 헐레벌떡 돌아와 보니 외삼촌이 거실에 앉아 나를 기다리고 있었다. 외삼촌은 내 얼굴을 보자마자 앞뒤 설명도 없이 "100킬로 걸어 보지 않을래?" 하고 말했다.

나는 순간 놀랐다가, 곧이어 '엉뚱하게 또 뭐야!' 하는 생각이 들었다. 외삼촌은 늘 이런 식이었다. 즉흥적이고 변덕스러웠다. 그러니 따지고 보면 딱히 이상한 일도 아니었다.

엄마의 남동생인 외삼촌은 뚜렷한 목표도 없이 그저 마음 내키는 대로 인생을 사는, 뭐랄까 좋게 말해서 '자유인'이라고나 할까.

엄마는 그런 외삼촌을 달가워하지 않았고, 기회만 되면 내 앞에서 외삼촌에 대한 험담을 늘어놓았다. 하지만 나는 외려 그런 삼촌이 좋았다. 뭐든 적당히 넘어가는 성격이라서 백 퍼센트 신용할 수는 없지만 커다란 키에 까무잡잡한 피부, 보기 좋게 물들인 머리, 그리고 청바지를 즐겨 입는 멋쟁이였다.

어릴 때는 나중에 어른이 되면 그런 외삼촌과 결혼할 생각까지 했었다. 외삼촌도 내가 그렇게 말할 때마다 "그래, 우리 미치루가 어른이 될 때까지 얌전히 기다릴

게" 하고 다정하게 이야기해 주었다. 물론 그 성격상 진심이 아니란 건 당시에도 어렴풋하게 느끼고는 있었다. 아무튼 외삼촌은 본인 입으로 굳게 선언한 대로 아직 미혼이다.

무슨 뚱딴지같은 소리냐는 나의 표정에 외삼촌은 말없이 웃어 보였다. 마흔이 되었어도 웃는 모습은 내가 어렸을 때나 지금이나 변함이 없다.

"미카와 만(아이치 현 남쪽에 있는 만으로, 수심은 전체적으로 얕다 — 옮긴이)을 따라 100킬로미터를 밤새워 걷는 건데, 어때 근사할 것 같지 않아?"

"근사하긴 뭐가 근사해?"

나는 갑작스럽다 못해 조금 황당하다는 생각마저 들어 꽤나 퉁명스럽고 까칠하게 대꾸했다. 외삼촌은 그런 나를 보며 신이 난 듯 더 환하게 웃었다.

미카와 만이라……. 가깝다면 가까운 거리지만 지하철을 여러 번 갈아타야 갈 수 있는 곳이다. 왜 일부러 그 먼 곳까지 가서 100킬로미터를 걷자는 거지? 혹 날씨가

너무 더워 머리가 이상해진 게 아닐까? 워낙 뚱딴지같은 사람이니 그러려니 하면 그만이겠지만, 아무리 그래도 뜬금없이 100킬로미터라니!

집 안은 외삼촌이 틀어 놓은 에어컨 때문에 시원하다 못해 서늘한 기운이 느껴질 정도였다. 나보다 먼저 집에 도착해서는 있는 대로 에어컨을 세게 틀어 놓은 모양이었다.

엄마가 봤으면 틀림없이 미간을 찌푸리며 한바탕 잔소리를 퍼붓고는 끄게 했을 텐데……. 아니, 분위기로 봐서는 실제로 그날도 그랬던 것 같다.

"미치루, 이것 봐."

"미카와 만 100킬로미터 자선 걷기 대회?"

외삼촌이 보여 준 전단지에는 '감동', '감격', '감사' 등의 단어들이 춤을 추고 있었다.

"뭐야, 이거! 삼촌, 요상한 종교에 빠지기라도 한 거야?"

"이 녀석, 무례하기는! 나 지금, 평소답지 않게 아주 진지하단 말이야!"

'자신이 진지한 인물이 아니란 것은 다행히도 자각하고 있는 모양이군.' 속으로 그렇게 비웃으면서 나는 전단지를 보았다.

외삼촌이 말한 대로, 미카와 만 100킬로미터 자선 걷기 대회란 모든 참가자들이 미카와 만을 따라 수십 시간 동안 꾸준히 걸어 완주하는 것을 목표로 하는 대회다. 제한 시간은 정확히 30시간. 이 안에 골인 지점에 들어오지 못하면 실격이다. 대회라는 이름이 붙어 있기는 하지만 100킬로미터를 완주하는 데 순위를 매겨 누가 가장 빨리 들어오고 꼴찌로 들어오는지를 판가름하거나 하지는 않는다. 그냥 100킬로미터를 포기하지 않고 묵묵히 걸어 목적지에 도달하는 것일 뿐.

〈100킬로미터라는 거리를 걷는 동안 주위 경치를 보고, 사람들을 만나고, 자신과 마주하는 감동, 감격, 감사의 기분을 대회 참가자 한 사람 한 사람이 만끽하게 되기를 바랍니다.〉

대회 공지 사항에는 그렇게 적혀 있었다.

'그저 걷기만 하는데 감동이고 감격이고 감사가 어디

있담!' 에어컨으로 인한 방의 냉기를 느끼면서 나는 전단지를 찬찬히 읽어 내려갔다.

'1킬로미터가 얼마나 되는지도 감이 잘 안 오는데, 100킬로미터라니……. 어휴, 상상도 안 된다. 도중에 잠은 자나? 100킬로미터를 30시간 안에 걷는다는 게 도대체 가능한 일이기는 한 거야? 아무리 생각해 봐도 100킬로미터 걷기는 정말 무리야! 집에서 역까지 5분 남짓이면 도착하는 거리도 땡볕 아래서는 딱 주저앉고 싶은데…….'

"좋지? 신청하자. 나도 너랑 같이 걸을 거야!"

"좋긴 뭐가 좋아. 다른 사람 알아보세요. 이 몸은 힘들겠습니다!"

"힘들 거 없어. 걷다가 도저히 안 되겠다 싶으면 포기하면 돼. 그럼, 그 순간 바로 시합 종료니까!"

"삼촌! 이건 무슨 시합도 아니고……, 그리고 나는 처음부터 기권이라고 기권!"

가볍게 손사래를 치며 제안을 뿌리친 뒤 거실에 외삼촌을 혼자 남겨 두고 방으로 들어가 옷을 갈아입었다.

'도대체 무슨 일이람! 꾸준히 운동을 했던 사람도 아닌데, 갑자기 100킬로미터 걷기 대회라니!'

미카와 만에서 걷기 대회가 개최된다는 이야기는 지금까지 한 번도 들어 보지 못했다. 하긴 그런 이야기를 들었다 해도 대회에 참가할 생각은 전혀 없었겠지만······.

옷을 갈아입고 거실로 나오니 외삼촌은 퇴근해서 돌아온 엄마와 뭔가 다른 이야기를 나누고 있었다. 외삼촌은 더 이상 100킬로미터 걷기 대회 이야기를 하지 않았고, 나도 이후 까맣게 잊어버리고 있었다.

9월이 다 지나가던 어느 날, 대회 안내장이 집에 도착했을 때 순간 나는 무슨 일인가 싶었다. 내 앞으로 우편물이 오는 것은 좀처럼 드문 일인데······, 뭐지? 봉투를 찢어 '감동', '감격', '감사'라는 글자를 읽는 순간 무릎을 치듯 퍼뜩 생각이 났다.

사실 올 여름은, 그 전까지의 일을 차분히 떠올려 볼 시간적, 정신적 여유가 거의 없을 만큼 바쁘고 경황이

없었다. 그러니 어쩌면 그걸 까맣게 잊고 있었던 게 오히려 당연한 일이었을 것이다. 내 입에서는 조그만 한숨 소리가 터져 나왔다.

"뭘 한숨까지 쉬고 그러시나? 가벼운 마음으로 참가하면 되겠고만!"

내 손에서 안내장을 낚아채 읽어 보고는 마치 남의 일이라는 듯 쉽게 말하는 사토시에게 화가 나서 녀석의 머리를 한 대 야무지게 쥐어박았다.

사토시는 나와는 세 살 터울이 지는 남동생으로 올해 중학생이 되었다. 눈치가 빨라서 사람 비위를 잘 맞추는 살살이에 말발로는 누구에게도 지지 않아 자주 사람을 짜증나게 하는, 전혀 사랑스럽지 않은 아이다.

"지금이 그럴 상황이야? 너, 몰라?"

사토시의 깐죽거리는 태도에 은근히 부아가 치밀어 오른 나는 톡 쏘아붙이듯 말했다.

"벌써 누나 이름으로 참가 신청이 된 모양인데 뭐……."

사토시는 머리를 긁적거리며 봉투에서 종이를 한 장

꺼내 내 앞으로 내밀었다. 그 순간, 나는 믿기지 않는다는 표정을 지으며 그의 손에서 잽싸게 종이를 빼앗아 읽어 보았다. 사토시가 말한 대로였다. '참가 신청해 주셔서 감사합니다!'라고 쓰여 있었던 것이다. 그러니까 그것은 단순한 대회 안내장이 아니라 참가자에게 보내는 공지문이었다.

"세상에, 이럴 수가! 믿을 수 없어."

내가 싫다는 의사 표시를 분명하게 했는데, 이렇게 내 의사는 안중에도 없이 자기 맘대로 신청을 해 버리다니……. 보나마나 외삼촌이 그랬을 것이다.

'참가비: 18세 미만 1만 2천 엔'이라는 내용에 나는 다시 한 번 자빠지듯 놀라고 말았다. '1만 2천 엔이면 결코 적은 액수가 아닌데, 그렇게 큰돈을 내고 덜컥 신청하다니……. 자기 앞가림도 제대로 못하면서…….'

외삼촌은 안정적인 직장 없이 그때그때 이 일 저 일을 전전하며 지내고 있었다. 그러다 보니 어떤 때는 많지도 않은 조카들에게 세뱃돈 한 푼 주지 않고, 더구나 우리들의 생일이 가까워오면 일부러 한동안 우리 집에 발길

을 끊기도 하고 그랬었다. '그런 처지이면서 무슨 돈이 있다고…….'

"아, 나도 나가고 싶다!"

내가 안내장을 험하게 구기며 짜증을 내자 사토시가 진심을 담은 말인지, 아니면 빈정거리는 말인지 언뜻 구별이 되지 않을 말을 했다.

"뭐라고? 너, 마음에도 없는 말 할래?"

"아냐. 나 진짜 참가가고 싶어!"

"거짓말하지 마! 그럴 마음 손톱만큼도 없으면서……. 나 놀리려고 그러는 거 누가 모를 줄 아니? 남의 일이라고 그렇게 쉽게 말하는 거 아니다 너! 어쨌든 난 취소할 거야. 지금 취소하면 참가비 중 일부라도 돌려주겠지."

"정말 취소할 거야? 외삼촌이 어려운 형편에 거금의 참가비까지 대신 내 줬는데, 성의를 봐서라도 그냥 나가지?"

"지금 그럴 상황이 아니라고 내가 말했지? 이 이야기는 이걸로 끝이야. 그러니까 더 이상 이 일에 대해 시끄럽게 떠들지 말고 얼른 씻기나 해!"

"네네, 그러죠. 요즘 누나 이상한 거 알아? 걸핏하면 화만 내고……. 엄마랑 완전 똑같아졌다니까!"

"시끄럿!"

사토시는 투덜대며 욕실로 갔다. 나는 저녁밥을 짓기 위해 앞치마를 입고 주방으로 향했다. 왜냐하면…… 엄마는 아직 병원에 입원해 계시고, 오늘밤에도 돌아오시지 못할 테니까.

은혜의 비

"대체 내가 왜 여기 나온 거야……."

나는 속으로 투덜대며 혼자 힘없이 걸었다. 출발한 지 30분이나 지났는데도 도로 위는 수많은 참가자들로 무척이나 혼잡했다. 행렬을 이루어 걷고 있는 사람들의 가슴과 등에는 저마다 참가 번호표가 달려 있었다. 개중에는 커다란 배낭을 멘 사람이 있는가 하면, 맨 손에 가까운 가벼운 차림으로 씩씩하게 걷는 사람도 있었다. 어느 쪽이든 평범한 주택가에는 전혀 어울리지 않는 생경한 광경일 터이다. 100킬로미터 걷기 대회에 참가하지 않을 뿐 아니라 애초 관심조차 없는 사람들의 눈에는 도대체 무슨 일인가 싶지 않을까. 나 역시 얼떨결에 대회에 나오지 않았다면 그들과 하나도 다르지 않은 시선으로 다른 참가자 무리를 보았을 게 틀림없다. 거기에 생각이 미치자 내가 이 행렬 속의 한 사람이란 사실이 문득 무척이나 어색하게 느껴졌다.

"삼촌, 바보!"

나를 이런 이상한 모습으로 걷게 만든 삼촌이 갑자기 얄미워져 조그맣게 중얼거렸다.

"내게 한마디 상의도 없이 자기 멋대로 신청을 했으면서 정작 본인은 불참해 버리다니, 이게 도대체 말이나 돼?"

"그럼 어떡하냐! 갑자기 급한 일이 생긴 걸. 약속 못 지켜 미안하지만, 미치루 너 혼자 나가야겠다. 내 몫까지 열심히 걸어서 꼭 완보해라!"

내겐 미안해하는 마음이라고는 눈곱만큼도 느껴지지 않는 외삼촌의 말이었다.

무슨 일이든 구렁이 담 넘어가듯 적당히 넘어가는 삼

촌은, 언제나 이런 식이다. 1만2천 엔을 날릴 만큼 급한 일이란 게 대체 뭐야! 외삼촌에게 그렇게 불평해 봤자 상황이 달라질 것은 없겠지만 그래도 만나면 한마디 해 주고 싶었다.

그날도 그랬다. 그 여름날!

그날은 유난히 무더웠고, 바깥에선 매미가 귀청을 찢어 놓을 듯 요란하게 울어 댔다. 나는 한여름의 무더위나 시끄러운 매미 울음소리와는 완전 딴판인, 조금은 어둡고 조용하고 서늘한 병원 복도에 서 있었다. 그런데도 하루 종일 온몸에서 비 오듯 땀이 흘러내렸다. 딱히 더운 날씨 때문만은 아니었다.

사토시는 충격을 받은 나머지 계속 울고 있었고, 외삼촌과는 도무지 연락이 닿지 않고 있었다. 나는 어찌할 바를 몰라 할머니의 손을 꼭 잡은 채 부들부들 떨고 있었다.

그날 이후 엄마는 지금까지 단 한 번도 집에 돌아오지 못했다. 아니, 돌아올 수가 없었다. 당시 우리 남매에게는 외삼촌의 도움이 절실히 필요했는데, 아무 소용이 없었다. 도대체 외삼촌은 무슨 생각을 하며 사는 걸까. 이렇게, 자신의 도움이 절실히 필요할 때는 어김없이 행방을 감춰 버린다. 매번 그런 식이다 보니 사실 이런 일을 당해도 크게 놀라지도 않는다.

'외삼촌, 내가 삼촌을 인간적으로 좋아하기는 하는데, 그래도 이젠 적당히 좀 해 줘. 철들 나이가 되기도 했지만 무엇보다 지금은 비상사태라고!'

이런저런 생각을 하며 걷는 사이, 어느새 나는 주택가를 벗어나 있었다. 주위는 온통 황금빛 들판이 펼쳐져 있었다. 이제까지 보지 못한, 상당히 낯설고 황홀한 경치가 끊임없이 이어지고 있었다.

집에서 나고야까지는 전차로 40분 남짓 걸린다. 멀다면 먼 거리지만 주위에 특별한 명소가 없다 보니 친구와 이따금씩 놀러 가는 곳은 결국 나고야였다. 하지만 생각해 보니 제대로 된 여행은 오사카나 교토 방면으로 떠날 때가 더 많았기 때문에 이곳까지 온 적은 거의 없었던 것 같다.

자꾸만 터져 나오는 하품을 애써 참으며 주위를 둘러보았다. 이제 행렬이 조금씩 흩어지기 시작했다. 아직도 주위에서 걷고 있는 사람 수가 패나 많았지만 적어도 꼬치를 꿴 듯 나란히 걷던 출발 직후의 상태와는 확연히 다른 모양새였다. '참가자 수가 한 1천5백 명 정도 되나?' 한 시간쯤 전에 열린 개회식에서 사회자가 참가자 수를 말해 주었는데, 정확히 기억이 나지는 않지만 그렇게 들었던 것 같다.

내 등 번호는 6백 번 대이다. 대회 며칠 전 집에 도착한 서류에서 등 번호를 확인했을 때 참가 신청자가 이렇게나 많았나, 하고 놀랐는데 그보다도 자그마치 두 배나 더 많은 사람들이 걷기 대회에 출전한 것이다.

'이들 가운데 과연 몇 명이나 100킬로미터를 완보하게 될까? 보나마나 내가 제일 먼저 탈락할 거야.' 그런 부정적인 생각에 사로잡힌 채 나는 앞사람을 따라 기계적으로 걷고 있었다. 그때 갑자기 졸음이 쏟아지기 시작했다.

전날 출발지에 도착해서 근처 호텔에 묵을 만큼 여윳

돈도 없었던 데다 집 근처 역에서 첫차를 타면 출발시간 전까지 당도할 수 있는 거리인 터라 새벽 5시에 일어나 움직였더니 졸음이 쏟아지는 것도 어쩌면 당연한 일이었을 것이다.

참가자 수가 무려 1천5백 명이나 되기 때문에 출발시간은 선착순으로 8시, 8시 반, 9시, 이렇게 세 팀으로 나뉘어졌다. 비교적 일찍 도착한 덕분에 8시 팀에 속해 서둘러 출발한 것까지는 좋았지만, 다음 날 오후 2시까지 100킬로미터를 완보하지 못하면 리타이어(retire), 즉 자동 기권이 될 터였다. 단순히 계산해도 한 시간에 평균 3킬로미터 이상은 걸어야 완보로 인정되는 셈이다. '제대로 된 페이스로 걷고 있는지도 전혀 감이 안 오는데, 과연 완보할 수 있을까?' 그런 생각만으로도 머리가 아파 왔다.

"시속 5킬로로 걸으면 20시간이면 돼, 누나! 그럼, 잠깐 동안씩 눈을 붙일 수 있을 거야." 하며 아무렇지 않게 말하는 사토시의 머리를 세게 한 대 쥐어박았던, 바로 어제의 일이 마치 오래된 일처럼 느껴졌다.

솔직히 100킬로미터라는 거리가 대회에 참가한 이후 걷는 내내 전혀 실감이 나지 않았을 뿐 아니라 상상조차 안 되었다. 게다가 내 주위에서 걷고 있는 다른 참가자들의 요란하고 화려한 차림새에 왠지 모르게 주눅이 들었다. 대부분 경기용 스패츠(다리에 꼭 맞는 팬츠)에, 한눈에 보기에도 폼 나는 신발을 신고, 멋들어진 지팡이까지 챙겨와 들고 있었다. 그들에 비하면 나는 후줄근한 학교 체육복에 낡아빠진 운동화, 초등학생 때 캠핑용으로 구입한 싸구려 배낭이 전부였다. 게다가 일기예보에 비가 온다는 소식도 없어서 우산이나 우비도 따로 챙기지 않았다. 무엇보다 일행 하나 없이 혈혈단신으로 참가한 중고등학생은 나밖에 없는 것 같았다. 이래저래 나는 이런 대회에 애초 어울리지 않는 사람이라는 생각이 들었다.

하지만 마라톤 대회처럼 달리기가 아니라 걷기 대회인 것이 한편으로 다행스럽기도 하고, 사토시한테 어떻게든 완보하겠노라고 큰소리까지 치고 나온 마당이라 쉽게 포기하고 싶지는 않았다. 또 나를 얼결에 끌어들여 놓고 막판에 혼자 도망쳐 버린 외삼촌에게도 깜짝 놀랄

만한 결과를 보여 주고 싶었다. 그리고 무엇보다 내가 끝까지 최선을 다한 모습을 보여 주면 병상에 누워 있는 엄마도 틀림없이 기뻐할 것이다.

사실, 내내 망설이다가 참가를 결정하게 된 중요한 이유 가운데 하나는 사토시에게 본때를 보여 주고 싶었기 때문이었다. 참가 신청 취소하는 일을 까맣게 잊고 지내던 나에게 어느 날 사토시가 "참, 누나! 그거 어떻게 됐어?" 하고 물었다.

"뭘?"

"그거 말이야, 100킬로!"

"앗, 깜빡했다! 취소했어야 하는데……, 이미 너무 늦은 게 아닐까?"

"누나, 정말 안 할 생각이야?"

이제는 익숙해진 사토시와 둘만의 식사 시간. 사토시는 밥을 먹는 내내 그 일에 신경을 쓰고 있었다.

"안 한다고 했잖아!"

"그럼 그렇지. 누나가 100킬로를 걷다니……. 무리지! 암, 무리고 말고!"

"야! 뭐야, 그 말투가!"

그렇게 사람을 무시하는 사토시의 버릇없고 깐죽거리는 말투에 왈칵 화가 치밀었다.

"누나는 초등학교 때도 등산 전날이면 열이 펄펄 나서 한 번도 제대로 해 본 적이 없었잖아! 그뿐이면 말도 안 해. 중학교 때도 체육대회 때만 되면 배가 아프다며 학교에 빠지는 일이 많았고, 단축 마라톤 대회에 나가서도 대충 뛰다가 결국 전교 꼴찌로 들어왔잖아! 내 말이 틀려?"

"야, 그러는 넌. 넌 안 그래? 너도 시험 전날이면 머리가 아프니 어쩌니 하면서 꾀병 부리잖아! 그리고 이곳으로 이사 온 후로는 난 한 번도 그런 적 없어!"

"네, 그러세요? 겨우 2년도 안 됐는데, 한 20년은 지난 것처럼 말하시네."

사토시는 빈정거림을 멈추지 않았다. 물론 녀석이 딱히 틀린 말을 하는 것도 아니었다. 사실, 나는 그래서 더욱 화가 났다.

초등학생 시절부터 나는 체육대회 같은, 몸으로 하는

행사에 유독 약했다. 이유는 알 수 없지만, 웬일인지 다른 아이들은 모두 좋아라 하는 그런 행사가 다가오면 무척이나 긴장이 되고, 그러다가 어김없이 배가 아파 왔다. 운동 신경이 워낙 발달하지 않은 탓인지 사토시의 말대로 중학교 마라톤 대회에 나가서는 전교 꼴찌를 하기도 했다. 그렇다고 성의 없이 대충 뛴 것도 아니었다. 이를 악물고까지는 아니더라도 다른 아이들처럼 나름 최선을 다해 뛴다고 뛴 것이 그랬다.

"그래서 이번에도 멋대로 신청을 취소하고 아예 시도조차 안 해 보겠다고? 외삼촌이 참가비까지 대신 내줬는데?"

"그게……. 야, 지금은 그런 데나 나갈 만큼 한가한 상황이 아니잖아!"

"상황 탓하지 마. 누난 그렇게 이런저런 이유를 붙여서 이번에도 도망치려는 거잖아."

"……."

나는 더 이상 아무 대꾸도 할 수 없었다. 사토시도 분위기가 심상치 않다고 느꼈는지 더 이상은 나를 비난하

는 말을 하지도, 깐죽거리는 태도를 보이지도 않았다. 그저 밥그릇에 얼굴을 파묻고 걸신들린 듯 우적우적 밥만 먹고 있었다.

'지금 이런 상황에서 대체 나한테 뭘 바라는 거야. 어떻게 아무렇지도 않은 듯 그런 대회에나 나갈 수 있겠느냐고. 둘만 달랑 남은 집에서도 촐랑대며 지금까지 해 왔던 대로 철부지처럼 행동하는 너란 애가 내 기분을 알기나 해?' 하며 사토시에게 큰 소리로 퍼부어 주고 싶은 충동이 일었다.

"왜 그래? 밥 더 줘."

갑자기 의자에서 일어선 나를 올려다보며 사토시가 태연하게 밥그릇을 내밀었다. 어이가 없어서 한동안 그대로 서 있다가 아무 대꾸도 하지 않고 밥그릇을 받아들었다. 그리고 〈옛날이야기〉라는 만화영화에서처럼 밥을 꾹꾹 눌러 산봉우리처럼 수북이 담은 다음 사토시 앞에 갖다 놓았다.

나는 한동안 마음을 진정시켜 보려고 애를 썼다. '그래, 사토시도 나쁜 의도로 그런 말을 한 건 아닐 거야.

작년, 아니 올해 2월까지만 해도 초딩이었잖아. 그러니 그 아이의 말을 일일이 너무 진지하게 받아들일 필요는 없지 않을까.' 하지만 자기보다 세 살이나 위인 나를 무시하고 막 대한다는 사실이 무엇보다 속상했다. 그래서 반은 자포자기 심정으로 이렇게 말했다.

"그래, 나간다 나가! 나가면 되잖아! 100킬로? 끝까지 걸어 준다, 내가."

"그래? 한번 잘해 봐."

나의 오기에 활활 불을 지핀 게 누군데……, 사토시는 나의 비장한 선언에 별 관심 없다는 듯 시큰둥하게 받아넘겼다. 산처럼 수북이 담긴 밥을 보고도 별 반응 없이 계속 꾸역꾸역 먹고만 있다. 홧김에 내가 비정상적으로 많이 담은 밥그릇의 밥을 보면 틀림없이 한마디 할 줄 알았는데, 어쩐 일인지 조용하다.

제풀에 김이 빠져서는 자리에 앉았는데, 갑자기 엄마 생각이 났다. 엄마라면 뭐라고 하셨을까? 참가하라고 하지 않았을까. '무슨 일이든 뒤로 빼지 말고 과감히 도전해 봐라', '기왕 하는 일 억지로 하지 말고 끝까지 최선

을 다해라' 엄마가 입버릇처럼 했던 말이다. 실제로 엄마는 늘 그렇게 살아 왔다. 그 여름날, 불의의 사고를 당하기 전까지는…….

'내 입으로 하겠다고 말한 이상 제대로 한번 해 보자! 그야말로 한계 상황이 올 때까지 최선을 다해 걸어 보는 거야! 그때의 엄마는 지금 내 곁에 없지만……. 아니, 그러니까 더더욱 잘해야 한다!'

나는 산처럼 수북이 담긴 밥을 게 눈 감추듯 순식간에 먹어 치우는 사토시를 조용히 바라보며 마음속으로 그렇게 다짐하고 또 다짐했다.

그로부터 2주일 남짓 시간이 지났다. 걷기 시작한 지 어느덧 4시간이 지나고 있었다. 한데, 벌써 출발할 때의 결심이 흔들리고 있었다. 꽤 걸은 것 같은데 시곗바늘은 겨우 12시를 가리키고 있다. 만의 하나 기권하지 않는다면 내일 이 시간에도 여전히 어딘가 길 위를 걷고 있을 거라 생각하니 갑자기 현기증이 났다.

총 30시간 가운데 이제 4시간을 걸었다. 30킬로미터의 절반이나 왔을까? 그럼 좋을 텐데…….

첫 번째 체크포인트는 30킬로미터 지점이다. 100킬로미터까지의 코스 중간에 모두 일곱 개의 체크포인트가 있고, 각 포인트에 도착할 때마다 대회를 관리하는 스태프에게 등 번호를 확인받아야 한다. 통과 시간 역시 각 포인트마다 정해져 있어서 너무 빨리 도착해도 체크포인트가 열릴 때까지는 출발할 수 없고, 반대로 시간 내에 도착하지 못하면 체크포인트는 닫혀 버리고, 그 자리에서 기권 처리가 된다.

30킬로미터 지점의 제1 체크포인트 이후로는 거의 10킬로미터 간격으로 체크포인트가 마련되어 있다. 그런데 30킬로미터나 제대로 걸을 수 있을지 확신할 수 없는데, 그 다음을 생각하려니 다시 현기증이 났다. 30킬로미터……, 시속 4킬로미터로 걸어도 7시간 반이 걸리는 거리다. 도중에 거북이와 달리기 경쟁하는 토끼처럼 마음 놓고 쉬기라도 했다가는 여차하면 오후 4시가 넘어 그곳에 도착하게 될지도 모른다.

'어떻게 내게 이런 일이……. 죽었다 깨어나도 앞으로

이렇게 걸을 일이 또 있을까? 천재지변이 일어나도 100킬로미터를 걷는 일은 다시 없지 않을까!' 또다시 그런 상황을 맞아 100킬로미터를 걷느니 차라리 죽는 게 나을 것 같았다.

그때 문자 메시지 진동이 느껴져 주머니에서 휴대전화를 꺼냈다. 사실 주머니에 넣으면 휴대전화의 무게 때문에 체육복 바지가 자꾸 흘러내리는 통에 다소 신경이 쓰였다. 하지만 배낭에 넣으면 벨이 울려도 소리를 듣지 못하기 십상이기 때문에 주머니에 넣어 두고 있었다. 이 고독하고 고단한 여정에 통신 수단까지 끊어진다는 것은 정말이지 무섭고도 싫었다.

〈아직 걷고 있어?〉

사토시다. 녀석은 중학교 입학 기념으로 선물 받은 터라 몇 달 사용해 보지 않은 휴대전화를 나보다 훨씬 능숙하게 잘 다루었다. 분명 지금 일어났을 거야. 쓴웃음이 나왔다. 깨워 주는 사람도 없는데 이 시간에 일어나다니, 다 컸네! 저녁때까지 곰처럼 늘어지게 잘 거라고 생각했는데…….

〈걷고 있어. 아직 많이 못 걸었지만……〉

인증샷으로 주위 건물의 간판을 한 장 찍어 문자로 보냈다. 출발한 지 고작 4시간 만에 기권해 버리면 체면도 안 설 것이고, 사토시가 놀려도 뭐라 대꾸할 말이 없을 것이다.

〈정말? 잘 하고 있어?〉

출전도 안 한 주제에 잘난 척 깐죽거리기는!

〈그럭저럭〉

화낼 기분도 나지 않아서 그렇게 문자를 보냈다. 최근 들어 사토시는 예전에 비해 더 제멋대로 굴었는데, 어쩌면 제 약한 모습을 들키기 싫어 강한 척하는 것일지도 모른다는 생각이 들었다. 어쨌든 앞으로 우리 두 사람은 힘과 뜻을 모아 함께 살아가야 한다. 그렇게 하기 위해서라도 나는 사토시에게 멋진 누나가 되어야 한다. 끝내 완보까지는 못하더라도 나 자신이 납득할 수 있는 정도의 선에서 100킬로미터 걷기를 마무리하고 싶다. 그리고 병원에 입원해 있는 엄마에게도 최선을 다했노라고 당당하게 말하고 싶다.

그날, 아무 예고도 없이 내게 전화가 걸려 왔다. 여름방학이라 집에서 혼자 뒹굴뒹굴 아이스크림을 먹으며 텔레비전을 보고 있을 때였다. 사토시는 친구랑 밖에 놀러 나가고 없었다.

"쓰카모토 아이리 씨 댁인가요?"

"그런데요……."

수화기를 들자마자 엄마 이름이 나오는 바람에 나는 순간 당황했다. 그리고 이어진 한마디에 당황스러움은 의심으로 변하고 있었다.

"아버지 계세요?"

"안 계신데요."

나는 경계심을 드러내며 까칠하게 말했다. 캐치 세일즈(판매 목적을 숨긴 채 설문조사 등을 빙자해 물건을 파는 유인 판매) 전화라고 생각했기 때문이다.

우리 집에는 이미 오래 전부터 아빠라는 존재가 없었다. 부모님은 내가 아주 어렸을 때 이혼했다. 당시 나는 워낙 어려서 부모님이 왜 이혼할 수밖에 없었는지 자세한 이유는 알 수 없었다. 그래도 이혼 전부터 엄마가 부지런히 일한 덕분에 생활의 어려움은 느끼지 못했고, 어차피 아빠와 함께했던 기억 자체가 거의 없다시피 한 터라 별다른 문제를 느끼지는 않았다.

엄마는 이혼 후에도 여전히 일을 했는데, 작년 봄 다니던 직장에서 간절히 원하던 아이치 현으로 인사 발령을 받아 이곳으로 이사를 왔다. 아이치 현에는 외가가 있다. 그런 까닭에 그런 질문을 한다는 것은 우리 집안 사정을 전혀 모르는 사람이란 걸 의미했다.

"그럼, 다른 어른은 안 계세요?"

"없는데요."

나는 차츰 짜증이 나기 시작했다. 아무리 상대가 학생이라 해도 전화를 건 자신이 누구인지 이름 정도는 밝혀야 하지 않나, 하는 생각에 거두절미하고 수화기를 탁 내려놓고 싶었다. 하지만 전화를 끊지는 않았다. 그 이유는 상대가 여자였고, 또 약간의 냉정함이 묻어 있는 그녀의 말투에서 뭔가 다급함과 초초함이 느껴졌기 때문이다.

"알겠어요. 혹시, 쓰카모토 아이리 씨의 따님인가요?"

"그런데요……."

불신감이 커질 대로 커졌을 때 드디어 여자가 자신의 정체를 밝혔다.

"여긴 시립 병원인데, 조금 전 쓰카모토 아이리 씨가 구급차로 응급실에 실려 와서……."

순간, 무슨 말인지 이해가 가지 않았다. 그리고 조금 지나자 갑자기 눈앞이 캄캄해졌다.

'구급차? 엄마가?'

전화를 끊고 난 뒤 나는 정신 나간 사람처럼 멍하니 그 자리에 서 있었다. 그 여자의 말이 사실이라면 누군가 도움을 줄 만한 '어른'에게 전화를 걸어 소식을 알리거나 병원으로 달려가야 할 텐데, 마치 꽁꽁 얼어붙은 듯 혼자 힘으로는 그 자리에서 꼼짝도 할 수 없을 것만 같았다. 그때 할머니가 전화를 하지 않았다면 나는 한참을 더 그렇게 서 있었을 것이다.

나는 더듬더듬 할머니에게 전후 사정을 이야기했다. 할머니는 침착하고 이성적인 분이었다. 병원에는 먼저 할머니가 가기로 하고, 나는 일단 집에 남아 아직 연락이 닿지 않는 사토시를 기다리기로 했다. 휴대전화는 고등학생이 되어야 사 준다고 엄마가 만든 엄격한 규칙 때문에 당시 사토시에게는 아직 휴대전화가 없었다. 엄마가 왜 그런 말도 안 되는 규칙을 정했는지 그때만큼 원망스러웠던 적이 없었다.

병원에 도착하는 대로 연락할 테니 기다리라는 할머니의 말대로 집에서 전화를 기다렸다. 울리지 않는 전화기만 애타게 내려다보고 있으려니 미쳐 버릴 것만 같았다. 우리에 갇힌 동물처럼 나는 쉬지 않고 방 안을 초조하게 돌아다녔다.

할머니한테서 연락이 올 때까지의 그 한 시간이 너무도 길게 느껴졌다. 대략 30분쯤 지났을 때였을까? 그제야 비로소 외삼촌한테 연락해 봐야겠다는 생각이 들었다. 그러나 아무리 버튼을 눌러도 외삼촌은 전화를 받지 않았다.

외삼촌과 연락이 닿은 건 그로부터 사흘이 더 지난 뒤였다. 그날 일을 생각하면 지금도 속이 메슥거리는데, 어째서인지 사소한 일 하나하나가 전부 또렷하게 기억이 났다.

엄마는 회사 일로 외출을 나갔다가 교통사고를 당해 병원 응급실로 옮겨졌다고 했다. 사고 당시 충격이 커서 중상을 입었는데, 응급 수술을 받아 천만다행으로 목숨은 건질 수 있었다. 그러나 그 후유증으로 엄마는 걸을 수 없게 되었다. 담당 의사의 말로는, 재활 치료를 꾸준히 받으면 심한 운동까지야 몰라도 걷는 것 정도는 가능할 정도로 회복될 수 있다는데, 웬일인지 엄마는 모든 치료를 거부했다.

치료만이 아니었다. 예전의 엄마라면 도저히 상상이 가지 않을 정도로 모든 일에 극도로 소극적인 사람이 되어 버렸다. 엄마의 이상한 행동과 납득할 수 없는 변화 때문에 이런저런 검사를 받게 했지만 왜 그런 이해할 수 없는 행동을 하는지는 알 수 없었다.

병실 침대에 누워 있는 엄마의 어두운 얼굴을 볼 때마다 나는 등줄기가 오싹해짐을 느끼곤 했다. 사고가 나기 전의 엄마는 절대로 그런 표정을 짓는 사람이 아니었다. 우리 앞에서 약한 모습이라고는 단 한 번도 보인 적이 없었고, 나나 사토시에게 무슨 일이든 나중에 후회가 남지 않도록 최선을 다해 도전하라고 입버릇처럼 말하곤 했었다. 그리고 그것은 말로 그치지 않았다. 실제로 엄마는 자신의 삶의 모든 영역에서 정말 열심이었고, 그런 엄마의 모습이 내겐 눈이 부실 정도로 아름답고 대단해 보였다. 때론 너무 눈이 부셔서 왠지 이질감이 느껴질 정도로…….

엄마는 항상 일이 바빠서 자식들의 학교 행사에는 제대로 한번 참석해 본 적 없고, 저녁식사 시간에 맞춰 퇴근한 적도 거의 없어서 저녁밥은 으레 사토시와 둘이서 해결했지만 우리는 불평하지 않았다. 오히려 엄마가 늘 우리를 위해 자신을 기꺼이 희생해 가며 일한다고 생각했기 때문에 감사하는 마음이 더 많았다. 하지만 그러면서도 도저히 엄마처럼 될 수 없었던 내게 엄마의 말 한마디 한마디가 무척이나 인정머리 없는 잔소리로 들릴 때도 많았다.

그런데 사고를 당한 후의 엄마는 그때의 냉정했던 엄마보다 백 배 천 배는 더 싫었다. 제대로 한번 시도해 보지도 않고 다 소용없다며 치료를 포기해 버리다니……. 또 어떻게 되든 상관없다며 자포자기한 듯한 눈빛으로 병실에만 누워 있다니……. 그건 내가 아는 엄마와는 완전히 다른 모습이었다. 하루라도 빨리 예전의 엄마로 돌아왔으면……. 늘 자신만만한 얼굴로, 사토시와 나에게 무슨 일이든 최선을 다해 도전하라고 예전처럼 채찍질해 주었으면 좋겠다!

엄마를 생각하자 코끝이 찡해지면서 초조해졌다. 어쩌면 엄마는 내가 완보를 해낸다 해도 얼굴 표정 하나 바뀌지 않을지도 모를 일이었다. 그 얼굴 그대로, '그랬니?' 하고 심드렁하게 한마디 던진 뒤 다시 침대에 누워 버릴지도 모를 일이었다.

그렇게 생각하자 도저히 견딜 수 없을 만큼 마음이 쓰리고 아파 왔다. 이제 다시는 예전의 엄마의 모습으로 돌아갈 수 없는 것일까? 엄마가 사고를 당한 이후 나는 하루에도 몇 번씩 예전의 생활로 되돌아가는 꿈을 꾸곤 했었다.

'그래, 최선을 다해 걸어야 한다. 아무리 힘들어도 포기하지 말고 완보를 해야 한다. 그래서 엄마도 멋지게 극복하고 다시 예전의 활기찬 모습으로 돌아갈 수 있다는 자신감을 갖게 해 드려야 한다.'

그러나 그것은 생각에 머무를 뿐 갈수록 몸이 말을 듣지 않았다. 나는 정신을 차리고 힘을 추스르려고 안간힘을 썼다. 그렇게, 앞 사람의 배낭만 보며 악착같이 다리를 움직였다.

'그래, 내가 100킬로미터를 완보하고 나면 어쩌면 엄마도 달라질지 모른다.' 나는 스스로에게 이렇게 다짐을 받듯 이야기하며 한 걸음 두 걸음 발을 옮겼다.

'내가 100킬로미터를 걷는 것으로, 이렇게 고통스럽게 밤을 새워 걷는 것으로 뭔가 조금이라도 달라질 수만 있다면……'

"혼자인가?"

갑자기 누가 내게 말을 걸었다. 나는 깜짝 놀라 소리 나는 쪽으로 고개를 돌렸다. 무리지어 걷는 사람들 가운

데 혹시 나를 아는 사람이 있나 싶어 유심히 살펴보았지만 그런 사람은 없었다. 내게 말을 건 사람은 난생 처음 보는 할아버지였다. 나는 가볍게 고개만 살짝 끄덕여 인사를 했다.

"고등학생?"

"네. 1학년예요."

왜 내게 말을 거는 거지? 할아버지가 어떤 의도에서 내게 말을 걸었는지 알 수 없어서 어떻게 반응해야 할지 조금 난감한 생각이 들었다. 할아버지는 미소를 지으며 내 옆으로 다가와 걸었다.

"그래? 나는 무나카타라고 해. 학생 또래의 손자가 있어서 반가운 마음에 그만 말을 걸게 되었네."

"아, 그러세요?"

무나카타 할아버지는 퍽 상냥하게 말했다. 프로 선수 같은 옷차림에 발걸음엔 힘이 넘쳤다. 어쩌면 할아버지는 이 대회에 벌써 여러 번째 참가하고 있는 것일지도 모른다는 생각이 들었다.

"이 대회, 처음인가?"

나는 말없이 고개만 끄덕였다.

"그런데 혼자 걷다니, 힘들 텐데……."

나는 다시 고개를 끄덕였다.

걷기 시작한 지 벌써 6시간 가까이 지났다. 도중에 편의점과 주민 센터 화장실에 들르면서 잠깐씩 쉬기는 했지만, 오래 쉬면 다시는 걸을 수 없게 될 것만 같아 마음 놓고 한 번 제대로 쉬지도 못했다. 이렇게 6시간이나 거의 쉬지 않다시피 하며 계속 걷는 것은 난생 처음 겪는 일이었다. 모두 30시간을 걸어야 하는데, 6시간이면 아직은 시작에 지나지 않지만 이 정도만으로도 나한테는 대견한 일이라는 생각이 들었다.

발바닥은 못이 박힌 듯 통증이 심해지고, 이상하게 손이 빵빵하게 붓기 시작했다. '지금은 주위에 사람이 있으니까 괜찮지만, 밤이 되어 행렬이 모두 흩어지고 나면 어쩌지? 이런 상태로 계속 혼자 걸을 수 있을까?' 하염없이 걷고는 있지만 100킬로미터라는 터무니없는 거리가 아직도 감이 잡히지가 않았다.

"밥은 먹었니?"

무나카타 할아버지의 질문에 이번에는 고개를 가로저었다. 처음에는 조금 망설였지만 결국 할아버지의 페이스에 맞춰 나란히 걷기 시작했다. 할아버지의 걷는 속도는 느리지도 빠르지도 않아서 따라 걷기 편했다.

"배가 고프면 자꾸 어두운 쪽으로 생각하게 된단다. 그러니까 배가 많이 고프지 않아도 틈나는 대로 자꾸 먹어 두어야 해."

할아버지는 그렇게 말하면서 배낭을 뒤져 초콜릿 바를 하나 꺼냈다. '엄마는 평소 우리 남매에게 모르는 사람한테 절대로 먹을 것을 받아먹으면 안 된다고 했지만, 이번만큼은 허락해 주시지 않을까!' 이런 생각 끝에 나는 별로 망설이지도 않고 할아버지가 건넨 초콜릿을 기쁘게 받아들었다.

입 안 가득 달콤한 초콜릿 향이 퍼져 나갔다. 흔하디흔한 초콜릿인데, 지금까지 먹어 본 그 어떤 초콜릿보다도 맛있고 달콤했다.

"초콜릿을 먹으니까 힘이 나지?"

나는 다시 고개를 끄덕였다. 몸 전체에 에너지가 전해

지는 것 같았다. 초콜릿이 사람에게 이토록 커다란 힘과 위안을 주는 과자였는지 새삼 신기하다는 생각이 들 정도였다.

"100킬로를 걸을 땐 초콜릿과 사탕을 늘 넉넉히 갖고 다니는 게 좋아. 가다 보면 몇 킬로를 걷는 동안 편의점이 하나도 없는 코스도 더러 있거든. 그럴 때 초콜릿이나 사탕을 갖고 있으면 큰 도움이 되지."

"……고맙습니다!"

내가 깍듯하게 인사하자, 무나카타 할아버지는 부드럽게 웃어 주었다.

"잠시 이렇게 같이 걸어도 될까? 방해되면 언제라도 따로 걸을 테니……."

"네, 좋아요! 처음 참가하는 거라서 어떻게 걸어야 하는지 잘 모르거든요."

초콜릿을 먹고 힘이 난 건지, 아니면 할아버지의 웃는 얼굴에 마음이 놓인 건지 모르지만 내 입에서 자연스럽게 그런 말이 튀어나왔다. 무나카타 할아버지는 여러 번이 대회에 출전한 듯해서 같이 걷다 보면 100킬로미터 걷기 대회에 대해 좀 더 자세히 들을 수 있을 것 같았다. 게다가 이대로 혼자 걷다 보면 자칫 오버타임이 되어 그대로 기권 처리가 될 수도 있으니까…….

무엇보다 누군가와 이야기를 하며 걸으니까 잠시나마 고통을 잊을 수 있어 더 할 나위 없이 좋았다. 혼자 걷다 보면 다리의 통증이며 피로가 몇 배는 더 가중이 되어 온몸으로 전해지는 것 같았다. 아직 제1 체크포인트도 통과하지 못했는데, 이대로 괜찮을지 은근히 불안한 생각이 엄습해 왔다.

무나카타 할아버지는 이번이 네 번째 출전인데, 지금까지 단 한 번도 완보에 성공하지 못했다고 했다.

"작년에는 거의 끝까지 갔는데 아쉽게도 제한 시간을 넘겨 버렸지 뭐야. 그래도 결승점까지 가긴 갔어. 매년 이 대회에 참가할 때마다 두 번 다시 걷고 싶은 마음이 나지 않을 것 같은데, 신기하게도 이 시기가 되면 다시 걷고 싶어지곤 하지. 그러다 보니 올해로 벌써 네 번째가 된 거야."

"할아버지는, 왜 걸으세요?"

내가 물었다.

"글쎄, 왜일까……? 건강을 위해서? 아직 살아 있다는 걸 실감하기 위해서? 이런저런 이유가 있겠지만, 이 정도 나이가 되면 이런 대회에 참가할 수 있다는 사실만으로도 지난 1년간 잘 살아왔다는 증거가 되지. 그래서 내가 지금 여기서 이렇게 걷고 있다는 사실만으로도 감사하게 되고 행복을 느끼게 되는 거란다!"

"아……!"

'완보하지 못해도요?'라고 묻지 않았다. 할아버지는 나의 생각을 읽은 듯 환하게 웃어 보였다.

"나는 완보하는 게 목적이 아니야. 걷는다는 것 그 자체, 건강한 몸으로 걸을 수 있다는 것 그 자체만으로도 감사할 따름이지. 물론 할 수만 있다면 완보를 해 보고 싶긴 해!"

"네……."

그러고 보니 대회 안내장에도 그런 말이 씌어 있었다. 완보가 목적이 아니라 걸으면서 감사의 기분을 느끼길 바란다고.

대회에 참가하기 전 그 문장을 읽었을 땐 무슨 말인지 전혀 감이 오지 않았다. 6시간 넘게 걷고 있는 지금도 확실하게 모르긴 마찬가지지만…….

"미치루는 왜 참가했니?"

"그게……."

갑작스런 할아버지의 질문에 말문이 막혔다. 난 정말 이 대회에 왜 참가하게 된 걸까? 외삼촌이 제멋대로 신청해 버려서? 하지만 마음만 먹었다면 취소할 기회는 얼마든지 있었다. 그런데도 끝내 취소하지 않고, 지금 이렇게 혼자 100킬로미터라는 어마어마한 거리를 걷고 있는 것은 왜일까?

엄마 때문이었을까? 엄마가 예전의 모습으로 하루 빨리 돌아오길 바랐고, 그래서 엄마에게 긍정적인 자극을 주고 싶어서였을까? 하지만 이 대회에서 완보한다고 해도 반드시 그리 된다는 보장은 없다. 그러니 꼭 엄마 때문만은 아니었을 것이다.

어쩌면 그보다는 사토시에게 뭔가 제대로 한 번 보여 주고 싶다는 오기가 발동했기 때문일 수도 있다. 하지만 정확히 내가 어떤 이유에서 이 대회에 참가하게 되었는지는 나도 알 수 없었다.

"잘 모르겠어요. 이런저런 이유가 있는데, 그중 어느 것이 가장 큰 이유인지는……."

"그래?"

나의 애매한 대답에도 할아버지는 부드럽게 웃어 주었다.

이따금 한 번씩 대화가 끊어지기도 했지만 무나카타 할아버지와 나는 서로 이야기를 정겹게 주고받으며 나란히 걸어갔다. 도중에 편의점에 들렀을 때는 주먹밥을 두 개 사서 하나씩 먹었다. 주먹밥을 사면서 초콜릿과 사탕과 물도 같이 샀다. 출발 직후 사 두었던 생수는 이미 바닥이 나 있었다. 하늘에는 옅은 구름이 끼어 있어 별로 덥지 않고 걷기에 딱 좋은 기온이었지만, 오랫동안 걷다 보니 목이 말랐다.

"여기, 이거."

주먹밥을 다 먹고 난 무나카타 할아버지가 편의점 비닐봉투를 뒤져 주섬주섬 뭔가를 꺼내더니 나에게 건네

주었다.

"우비는 왜요? 비도 안 오는데……?"

"아니야. 이건 꼭 챙겨 두는 게 좋아!"

할아버지는 장난꾸러기 어린아이처럼 해맑게 웃으며 내게 억지로 우비를 건네주었다.

"내 말 들어. 꼭 온다니까!"

"글쎄요……."

"꼭 와요, 꼭 와!"

단호하게 이야기하는 할아버지에게 밀려서 결국 나는 우비를 받아들 수밖에 없었다. 사실, 맑은 하늘까지는 아니지만 그렇다고 비가 온다고 예상하기도 어려울 만큼 날씨는 괜찮은 편이었다.

일단 얼결에 받아든 우비를 배낭에 주섬주섬 챙겨 넣고 있는데, 할아버지가 금세 다시 걷기 시작했다. 나도 서둘러 배낭을 메고 뒤따라 걸었다.

"이제까지 이 대회가 진행되는 동안 비가 내리지 않은 적이 한 번도 없었거든!"

"설마……."

"언젠가는 엄청난 폭풍우가 몰아친 적도 있었어. 바람도 세게 불고, 비도 많이 오고……. 그땐 정말 힘들었지!"

"일기예보에서는 비 온다는 말 안 했어요."

"아냐. 그래도 꼭 와!"

무나카타 할아버지는 자신만만하게 그렇게 말했다. 텔레비전에서 일기예보를 확인한 뒤 배낭에 챙겨 두었던 접이식 우산도 일부러 빼놓았는데, 이렇게 우비를 받게 될 줄은 생각지도 못했다.

"비가 오는 건 싫어요. 이렇게 말짱한 날씨에 걷는 것도 힘들어 죽을 지경인데……."

"꼭 그렇게 생각할 것만도 아니야. 너, 이 대회 중에 내리는 비를 사람들이 뭐라고 부르는지 아니?"

"아뇨?"

모르긴 해도 아주 끔찍한 이름일 거다. 100킬로미터를 죽을 고생 해 가며 걷는 도중에 갑작스럽게 내리는 비가 달가울 리야 없지 않은가! 게다가 비가 오지 않는다면 무나카타 할아버지도 어쩌면 완보할 수 있을지도

모르는데…….

할아버지가 내 얼굴 표정을 보더니 씩 웃었다. 내 얼굴에서는 이미 웃음기가 사라진 지 오래였다. 너무 힘들고 고생스러워 아마도 몰골이 말이 아니었을 것이다. 그런 나에 비해 적어도 네 배는 나이가 많은 무나카타 할아버지는 여전히 온화한 표정이다.

"누가 그렇게 부르기 시작했는지는 모르지만, 지금은 모두가 그 비를 '은혜의 비'라고 부른단다!"

"은혜의 비?"

나도 모르게 목소리 톤을 높이자 할아버지가 크게 웃었다. 은혜의 비라……! 하고 많은 이름 중 하필이면 은혜의 비라고? 물론 비가 오면 기분이 좋을 때도 있지만 앞만 보고 계속 걸어야 할 때는 방해꾼에 지나지 않을 텐데…….

"왜요? 왜 그렇게 불러요?"

할아버지의 얘기를 듣고, 나는 왜 사람들이 100킬로미터 걷기 대회 중에 내리는 비를 '은혜의 비'라 부르는지 무척이나 궁금해졌다. 할아버지는 그런 나를 재미있다는 듯이 쳐다보았다.

"왜냐면……."

거기까지 말하고 할아버지는 고개를 돌려 멀리 앞쪽을 바라보았다. 내 시선도 할아버지를 따라 앞으로 향했다. 길 앞쪽에는 바라보기만 해도 현기증이 날 만큼 급경사로 이루어진 오르막길이 있었다. 자전거로라면 오르는 것 자체가 불가능할 것 같고, 걸어서라도 가고 싶지 않은 굉장히 가파른 급경사였다. 그곳을 참가자들이 일렬로 오르고 있었다.

마치 끝없이 이어지는 개미 행렬 같았다. 나도 이대로 가다 보면 이내 저 일개미 무리에 합류하게 될 것이었다. 아, 보기만 해도 현기증이 일었다. 이렇게 비실대는 몸으로 과연 저 고개를 넘어갈 수 있을까? 불안한 마음이 엄습해 왔다.

"저곳을 넘어가면 곧 첫 번째 체크포인트에 당도하게 되지. 이유는 저곳을 넘은 후에 말해 줘도 될까?"

"네!"

무나카타 할아버지의 환하게 웃는 얼굴이 얄밉고 원

망스러워질 정도로 오르막길은 끝없이 이어지고 있었다. 허벅지와 종아리의 근육이 터질 듯 빵빵하고 욱신거리는 발바닥의 통증도 갈수록 심해져 갔다. 당장이라도 신발과 양말을 벗어 던지고 침대에 그냥 쓰러져 곯아떨어질 수 있다면 소원이 없겠다 싶을 만큼 몸이 지칠 대로 지쳤다.

그래도 앞을 향해 묵묵히 걷는 무나카타 할아버지의 배낭만 바라보면서 나는 한 걸음 한 걸음 앞으로 나아갔다. 할아버지는 왜 포기하지 않고 매년 이 대회에 출전해서 100킬로미터를 걷는 걸까? 멍하니 그런 생각을 하며 걷고 있었다.

"드디어 도착했다!"

우리는 오르막길과 내리막길을 여러 번 지났다. 오르막길을 오를 때마다 마음이 약해져 그 자리에 주저앉고 싶었고, 내리막길에서는 다리에 느껴지는 극심한 통증 때문에 무척이나 고통스러웠다. 겨우 고개를 넘고, 이제 얼마 남지 않았다고 스스로를 격려하면서 길 한편으로 늘어서 있는 편의점 앞을 지나나 보니 어느새 첫 번째 체크포인트에 도착했다.

어느덧 늦은 오후 시간이 돼 있었다. 무나카타 할아버지를 만나지 않았다면 내가 이곳까지 올 수 있었을까? 아마도 진작 기권했을지도 모를 일이었다.

오렌지색 바람막이 점퍼를 입은 사람이 저만치 보였다. 오르막길을 오르던 일개미들이 차례로 도착한 탓에 안내소는 이미 사람들로 북적대고 있었다. 그들은 각자 등 번호를 확인받고 사진을 찍었다. 그 사진 찍는 줄에 서자 비로소 내가 체크포인트에 도착했다는 사실이 실감되는 듯했다.

30킬로미터. 전체의 3분의 1도 채 안 되는 거리지만 대회에 참가하기 전까지만 해도 과연 내가 30킬로미터나 제대로 걸어 낼 수 있을지 자신이 없었다. 제한 시간 내에 제1 체크포인트를 통과했다는 사실만으로도 마음이 기쁘고 흐뭇했다.

"이렇게 걷기 대회에서 만나게 된 것도 인연인데, 우리 같이 사진 찍을까?"

무나카타 할아버지의 제안에 나는 고개를 끄덕였다. 순서가 되어 등 번호를 확인받은 뒤 나는 할아버지와 나란히 서서 함께 사진을 찍었다.

"30킬로미터 지점과 결승점에서 사진을 찍어 나중에 댁으로 보내드려요."

대회 관계자인 듯한 오렌지색 점퍼 차림의 사람이 사진을 찍으며 설명해 주었다.

"나중에 사진을 보면 꼴이 말이 아닐 거야. 하지만 좋은 기념이 되겠지!"

가령 완보하지 못한다 해도 여기서 찍은 사진만은 내 사진첩에 오래오래 남아 있게 될 것이다. 문득 왠지 신기하다는 생각이 들었다. 무나카타 할아버지는 대회 중간에 우연히 길에서 만난, 그 전까지는 나와 아무 관계도 없었던 생판 남인 사람이었다. 나이도, 성별도, 생활 환경도 전혀 다른 할아버지와 이곳까지 서로 의지해 가며 함께 걸어오다니……, 생각할수록 신기하다는 생각이 들었다.

"완보가 애초의 목적은 아니지만 올해만큼은 꼭 결승

점에서 사진도 찍고 싶은 걸!"

무나카타 할아버지는 혼자 이렇게 중얼거리며 꾸준히 일정한 속도로 걷고 있었다.

30킬로미터 지점의 체크포인트에는 대회의 주최 측에서 마련해 놓은 것인지, 맨바닥이기는 해도 일단 편안히 앉아서 쉴 수 있는 공간이 마련되어 있었다. 먼저 도착한 사람들이 거기 바닥에 앉아 각자 최대한 편한 자세로 쉬고 있었다. 나와 무나카타 할아버지도 빈자리를 찾아 앉았다.

"30킬로나 걸었어요."

"그래, 보통 때라면 30킬로 걷기는 상당히 힘들지."

할아버지는 자신의 발을 주무르며 환하게 웃었다. 나도 할아버지처럼 양말을 벗고 발을 꾹꾹 주물렀다. 그러자 아팠던 발바닥이 조금은 편해지는 것 같았다.

〈30킬로 걸었음!〉

사토시에게 문자 메시지를 보냈다. 손가락으로 승리의 브이를 그리며 웃는 사진을 찍어 보낼까 하다가, 이모티콘으로 대신하기로 했다. 엄마가 사고를 당한 이

후 급할 때 서로 연락이 안 되면 큰일이라며 할머니가 사 주신 휴대전화를 사토시는 능숙하게 다루었다. 믹시 (mixi, 일본 최대 소셜 네트워킹 사이트)해라, 트위터 해라, 매일 귀가 따갑게 말하지만 나는 전화 통화와 문자 정도만 할 수 있으면 그걸로 충분하다고 생각했다.

뭔가 좀 먹기 위해 배낭을 열려고 하는데, 무나카타 할아버지가 자리에서 일어섰다.

"벌써 출발하시는 거예요?"

"그래, 나 같은 늙은이는 힘 있을 때 많이 걸어 둬야해. 밤이 되면 다리가 움직이지 않아서 제한 시간을 넘길까 겁이 나거든. 아무래도 미치루와는 여기서 헤어져야 할 것 같구나!"

'이렇게 다시 혼자가 되는구나.' 반사적으로 나는 그렇게 생각했다. 여기서 무나카타 할아버지와 헤어지게 되면 앞으로 계속 혼자 걸어야 할 것이다. 이미 시간은 오후 4시가 넘었고, 머지않아 해가 서산으로 질 텐데……, 과연 혼자서 밤길을 걸어 낼 수 있을까?

무나카타 할아버지의 페이스에 맞추는 것이 조금씩

힘겹게 느껴지기 시작했다. 처음에는 그리 어렵지 않다고 생각했는데, 피곤한 기색도 전혀 없이 꾸준히 똑같은 페이스로 걷는 할아버지의 속도에 맞추기가 점점 힘에 부쳤다.

더 이상은 무리라고 생각한 것도 사실이다. 지금보다 페이스를 늦춰 걷다 보면 제한 시간 내에 나머지 체크포인트를 통과하기 어려워질 것이고, 당연히 완보의 꿈도 물 건너갈 것이다.

이런저런 불안한 마음을 감추고 할아버지에게 고개를 끄덕여 보였다.

"네, 저는 조금 더 쉬었다 갈게요."

"그래, 그럼 결승점에서 만나자."

무나카타 할아버지는 나와 악수를 한 뒤 힘찬 발걸음으로 다시 걷기 시작했다. 나는 한동안 멀어져 가는 할아버지의 뒷모습을 바라보며 서 있었다. 저런 분도 한 번도 완보를 하지 못했는데, 내가 과연 해낼 수 있을까? 처음에 비하면 많이 가까워졌다고는 하지만 아직도 70킬로미터나 더 걸어가야 하는 결승점이 멀고 험난하게

만 느껴졌다.

그때 주머니 속에서 휴대전화의 진동이 느껴졌다. 사토시가 보낸 문자 메시지가 와 있었다.

〈누나 짱! 다음은 40킬로 때 보고해.〉

〈야야, 쉽게 말하지 마.〉

사토시는 지금쯤 느긋하게 게임이나 하며 시간을 보내고 있겠지. 휴대전화를 향해 한마디 해 주고는 지도를 꺼내 위치를 확인했다.

40킬로미터 지점에 두 번째 체크포인트가 있다. 과연 몇 시쯤에나 그곳에 도착하게 될까. 30킬로미터를 걷는 데도 8시간이나 걸렸는데…….

"아!"

그때 갑자기 생각이 났다. 대회 도중에 내리는 비가 왜 '은혜의 비'인지 그 이유를 무나카타 할아버지가 첫 번째 체크포인트에서 이야기해 주기로 했었는데, 갑자기 헤어지는 바람에 결국 듣지 못하고 만 것이었다. 오르막길을 힘겹게 오르느라 경황이 없어서 까맣게 잊어버리고 있었던 것이다.

'만약 할아버지를 다시 만나게 되면 그때 꼭 물어봐야지. 근데, 과연 다시 만날 수 있을까? 다시 만난다면 어디서? 결승점에서?'

가볍게 숨을 내쉬고 딱딱하게 뭉친 허벅지를 주먹으로 탁탁탁 두드리면서 자리에서 일어났다. 이젠 다리가 내 생각대로 움직여 주지 않았다. 저녁이 되면서 기온도 떨어진데다 오래 쉬었더니 더 그런 것 같았다. 이제 점점 더 다리에 통증이 심해질 텐데……. 나도 모르게 입에서 한숨이 터져 나왔다. 역시 완보의 꿈은 내겐 무리였을까?

그래도 다리를 움직여 본다.

"결승점에서 만나자" 하시던 무나카타 할아버지의 말이 조금은 내게 힘을 주는 것 같았다.

망가진 장난감 립스틱

  30킬로미터 체크포인트에서 무나카타 할아버지와 헤어지고 다시 혼자 걷기 시작한 지 1시간이 넘었다. 아직은 주위에 사람도 있고 큰길을 따라 걷기 때문에 그리 외롭지는 않았다. 하지만 서서히 해가 지기 시작했다. 옅은 구름 때문에 저녁노을을 볼 수는 없었지만 주위는 확실히 어두워지고 있었다.

  '밤이 되고 혼자 남게 되면 어쩌지?' 음악이라도 들을까 생각했지만 최후의 수단은 한밤중에 쓰는 것이 좋을 것 같아 그만두었다.

다음 체크포인트까지 10킬로미터가 남아 있었다. 아직 거기까진 먼 거리였다.

"둘 다 잘 들어."

그때 갑자기 엄마의 목소리가 들렸다. 아마도 아버지와의 이혼이 결정되었던 때였을 것이다. 왜 하필 지금 그때의 일이 생각나는지는 알 수 없지만 아무튼 갑자기 그날의 기억이 선명하게 떠올랐다. 엄마는 여느 때와 마찬가지로 정신없이 바쁜 아침 시간에 말쑥한 정장 차림으로 식탁에서 깨작거리며 밥을 먹고 있는 나와 사토시 옆으로 다가와 이렇게 말했다.

"앞으로 무슨 일이 있어도 좌절하지 말고 우리 셋이 힘을 합해 행복하게 살자!"

무슨 소리인지 몰랐지만 나와 사토시는 고개를 끄덕여 보였다.

"누가 뭐라고 하든 당당히 가슴을 펴고 최선을 다해 사는 거야!"

우리는 또 고개를 끄덕였다. 엄마는 그런 우리를 보

고 만족스러운 듯 고개를 가볍게 끄덕여 보이더니 서둘러 회사로 향했다. 사토시와 나는 아침밥을 마저 먹었다. 텔레비전에서는 촐랑대는 기상 캐스터 언니가 "오늘은 오후부터 비가 내리겠습니다" 하고 생글거리면서 말했다. 그걸 보면서 나는 비가 온다는데 왜 저렇게 좋아하는 거야, 하며 조금 못마땅하게 생각했다. 그날 엄마가 했던 말의 의미보다 그런 시시한 것들이 더 또렷하게 기억이 났다.

"누가 뭐라고 하든 당당히 가슴을 펴고 최선을 다해서 살자."

엄마는 입버릇처럼 그렇게 말했다. 그것이 엄마가 인생을 살면서 가장 중요하게 여기는 가치 기준이라고 나는 생각했다. 그렇게 자식들에게 말하는 것으로 엄마는 자신을 채찍질하고 있었던 것일지도 모른다는 생각이 들었다.

하지만 그런 엄마의 기대에 부응하고 충족시켜 드릴 만큼 나는 우수한 학생이 아니었다. 엄마는 어땠는지 모르지만 요즘 세상에 이혼이 그리 드문 일도 아니고, 아빠 성에서 엄마 성으로 바뀐다고 해서 아이들에게 크게 놀림을 받지도 않는다. 그런데도 나는 엄마처럼은 살 수 없었다.

항상 자신만만하게 세상과 맞서는 엄마를 마음속으로 존경했지만 내 자신은 결코 그렇게 될 수 없을 거라 생각했다. 나는 교실 한쪽 구석에서 그저 있어도 그만 없어도 그만인 존재감 없는 아이로 매일매일을 보내고 있었다.

공부도 그럭저럭 운동이나 노래도 그럭저럭, 특별히 잘하는 것도 없었다. 학교 마라톤 대회 때는 잘 달려서가 아니라 오히려 너무 느리게 달려서 눈에 띄는 아이였다. 그나마 마라톤 대회에 나갈 수 있었던 것만으로도 어쩌면 다행이었다. 옛날부터 무슨 행사 같은 것에는 워낙 약해서 운동회나 큰 시험 때가 되면 으레 복통으로 결석을 하곤 했었으니까.

이쪽으로 전학 올 때도 반 아이들이 편지를 써서 주었는데, 하나같이 틀에 박힌 내용뿐이었다. 그것은 나와 헤어지게 된 것을 마음 깊이 아파하는 친구가 한 명도

없다는 반증인 셈이었다.

이사를 계기로 '새로운 나'로 거듭나기 위해 엄마에게 부탁해 안경 대신 콘택트렌즈로 바꾸어 보았다. 하지만 그걸 제대로 끼지 못해서 지금도 사흘에 한 번은 안경을 쓰고 등교를 한다.

앞으로의 진로에 대해서도 주위 친구들은 슬슬 고민을 하기 시작하는데, 나는 아직 아무런 계획도 세워 두지 않았다. 대학 입시를 치게 되면 시험 당일의 압박과 스트레스를 견디지 못해 실패할 게 뻔하니까 들 수 있는 보험은 전부 들어 두고 싶을 정도였다.

최악의 경우, 3지망에라도 꼭 합격했으면 하는 바람이었다. 진학이 아닌 취직 쪽을 택한다면 보람 있는 일까지는 아니어도 꾸준히 할 수 있는 일이면 된다고 생각했다. 나의 희망이란 고작 그 정도였다.

엄마가 그런 나를 어떻게 생각하는지는 알 수 없었다. 사실 알고 싶지도 않았다. 참 한심한 애야, 하는 눈빛으로 엄마가 나를 쳐다볼 때면 그대로 온몸이 쪼그라들어 감쪽같이 사라지고 싶다는 생각을 하곤 했다. 엄마가 내게 큰 기대를 걸고 있지 않다는 것은 잘 알고 있었다. 그래서 오히려 다행이었지만, 다른 한편으로 나를 완전히 포기해 버렸다고 생각하면 그 또한 견디기 힘들었다.

이러지도 저러지도 못하는 딜레마에 빠져 고민 중일 때 엄마가 덜컥 사고를 당했다. 그때의 그 당황스러움이란 압도적인 상실감, 불안감과 함께 마치 승부가 정해지기도 전에 상대인 적이 사라져 버린 것만 같은 그런 묘한 기분이 들었다.

친척 어른들과 외할머니는 장녀인 내가 앞으로 더 잘해야 한다며 이제껏 하지 않았던 말들을 하기 시작했고, 사토시는 일의 심각성을 아는지 모르는지 여전히 촐랑거렸다. 어쩔 수 없이 집안일은 고스란히 내 몫이 되는 바람에 도망치고 싶어도 도망칠 수 없는 날이 이어지고 있었다.

돌이켜 보면 그동안 이렇게 혼자 있을 수 있는 시간도 거의 없었다. 그렇게 생각하면서 살며시 눈을 감자, 다시 기억이 떠올랐다.

"누나, 바보!"

아주 오래 전의 기억. 어린 사토시가 그렇게 말하며 울음을 터트렸다. 사토시는 끝이 찌그러진 장난감 립스틱을 손에 들고 있었다. 나는 악을 쓰며 우는 동생의 손에서 그 립스틱을 억지로 빼앗았다.

사토시가 초등학교에 들어갔을까 말까 했을 때였는데, 하도 빌려 달라고 떼를 쓰는 바람에 하는 수 없이 장난감 립스틱을 빌려 주었다. 사토시는 그걸 이리저리 돌려 보더니 결국 끝까지 돌려 올린 채로 억지로 뚜껑을 닫아 버렸다. 망가진 립스틱을 보고 화가 난 나는 사토시의 머리를 세게 때렸다. 사토시는 큰 소리로 울었고, 내가 손에서 립스틱을 빼앗았을 때 엄마가 집에 돌아와서 둘 다 크게 혼이 났다.

그때 엄마는 아주 무서웠다. 아무리 생각해 보아도 잘못한 것은 사토시인데, 왜 나까지 야단을 맞아야 하는지 이만저만 불만이 아니었다. 하지만 지금 생각해 보면 오히려 그때가 그립다.

지난 번 병실에서 있었던 일이 떠올랐다. 침대에서 붕대를 감고 눈을 감은 채 누워 있는 엄마를 보고도 여전히 촐랑대기만 하는 사토시에게 짜증이 나서 화를 냈다. 엄마는 그런 우리를 보고도 야단을 치지 않았다. 아예 관심도 없다는 얼굴로 힐끗 우리 쪽을 한 번 보고는 이내 창문을 향해 시선을 돌려 버렸다. 이제는 예전처럼 우리를 야단쳐 줄 엄마가 아니었던 것이다. 그래서 나는 가슴이 더 쓰라렸다.

신호등이 깜빡이는 바람에 잠시 걸음을 멈추고 다시 천천히 눈을 감았다. 쓰러져 버릴 것만 같아서 가드레일을 잡고 힘겹게 버텼다.

생각하지 말자. 지금은 생각하지 말자. 자꾸 약한 생각만 하게 되는 것 같아 더럭 겁이 나서 생각을 멈춰 보려고 애를 썼다. 비틀거리며 앞으로 걸어갔다. 신호가 바뀌기를 기다리는 동안에도 허벅지가 시나브로 뻣뻣해지고 있었다. 한 걸음 한 걸음 발을 내딛기가 다시 고통스러워지겠지.

그대로 신호등이 초록불로 바뀌자마자 걸음을 옮겼다. '고작 30킬로미터 걷고 탈락해 버리면 체면이 서질 않아.' 깐죽거리며 나를 비웃는 사토시의 얼굴을 떠올리

면서 그런 생각을 했다.

"아, 다 왔다……!"
"수고하셨습니다!"

첫 번째 체크포인트에서 보았던 오렌지색 점퍼 차림의 사람을 발견하고 중얼거리자 그가 웃으면서 내게 다정하게 말을 걸어 주었다. 가볍게 인사를 하고 등 번호를 확인받았다.

두 번째 체크포인트는 대형 테마파크인 라구나 가마고오리 근처의 편의점이었다. 편의점 불빛을 보고, 손에 들고 있던 손전등의 스위치를 껐다.

편의점 뒤편 주차장에 앉아서 관람차를 바라보았다. 밤하늘에 빛나는 관람차는 무척 아름다웠다. 라구나 건물의 전등 장식도 크리스마스인가 할 정도로 화려하고 밝았다.

"저렇게 크니 멀리서도 보이지……."

아름답지만 한편으로 원망스러운 마음도 있었다. 다음 체크포인트가 라구나 근처라는 것을 알고 있었기 때문에 밤하늘 너머로 관람차의 불빛이 보였을 때 너무 기뻤다. 날도 완전히 저물고 길도 좁아진 데다 사람들이 흩어져 주위가 한적해졌을 때 눈앞에 나타난 빛에 위로를 받으며 그곳을 목표로 걸었는데, 그 길이 결코 가깝지 않았기 때문이다.

주위에 벽이 될 만한 높은 건물이 전혀 없는 까닭에 관람차는 상당히 먼 곳에서도 잘 보였을 것이다. 가까운 듯 멀리 있는 관람차를 보면서 나는 몇 번이나 울음을 터트릴 뻔했다.

그래도 빛에 홀린 벌레처럼 그 빛만 보고 비틀거리면서 장장 40킬로미터 지점까지 걸어왔다. 시계를 보니 오후 6시 반이었다. 30킬로미터 지점부터 휴식 시간을 포함해 2시간 반이 걸린 셈이었다.

1킬로미터에 얼마나 걸렸는지 계산도 안 될 만큼 머리가 띵하지만 이대로 페이스를 유지하면 완보도 가능할 수 있겠다는 생각이 드는 한편 그런 생각을 하는 자신이 우스웠다. '아직 절반도 걷지 못했는데, 그리고 몸 전체가 비명을 지르면서 당장이라도 쓰러져 버릴 것 같

은데, 완보라고?'

앉아서 너무 오래 쉬다 보면 다시 일어나지 못할 것 같아 편의점에서 고기만두와 따뜻한 음료를 사서 선 채로 간단히 저녁을 해결했다. 사토시는 지금 뭘 하고 있을까? 제대로 저녁을 챙겨 먹기나 할까? 엄마도 누나도 없이 혼자 지내야 하는 저녁시간이 무척이나 외롭고 쓸쓸할 텐데…….

상반신은 그런대로 견딜 만한데, 하반신 전체가 쑤시고 아팠다. 허벅지 근육이 딱딱하게 굳어서 한 걸음 내딛는 것도 마음대로 되지 않았다. 발바닥은 착지를 할 때마다 통증이 밀려 왔다. 종아리 근육도 단단하게 뭉쳐 있었다. 그런 생각 탓인지 가랑이도 찌릿찌릿 저리고 아파 왔다.

첫 번째 체크포인트에 도착했을 때는 몰랐는데, 각 체크포인트마다 참가자들에게 마사지 서비스를 제공해 주는 것 같았다. 텐트에 사람들이 누워 있고, 텐트 옆에 놓인 의자에도 순서를 기다리는 사람들이 피곤한 얼굴로 앉아 있었다.

그 광경을 보면서 나는 다시 비틀비틀 걷기 시작했다. 왜 걷는지는 나도 정확히는 알 수 없었다. 그냥 오래 쉬면 일어나기 힘들어지고 걸을 때도 고통스러워지니까, 그래서 걷는 것이 아닐까.

외삼촌은 잘 지내고 있을까? 오래 전 외삼촌이 라구나에 데리고 갔던 때가 생각났다. 그때도 관람차를 봤는데, 지금까지 그 기억이 전혀 나지 않았던 것이 이상하다는 생각이 들었다.

그때는 아직 아이치 현으로 이사를 오기 전으로, 여름방학이라 사토시와 둘이서 외할머니 댁에 놀러 갔었다. 사토시도 나도 아직 초등학생이었고 라구나의 존재를 몰랐는데, 아무튼 놀이동산이라는 것만으로도 우리는 엄청 좋아했다.

이쪽으로 이사 온 후에는 라구나를 모르는 친구들이 없어서 깜짝 놀랐다. 친구들과 놀러 가자고 여러 번 말은 했는데, 아직 한 번도 가지는 못했다. 그것이 이런 형태로 오게 될 줄은 몰랐다.

초등학생 때는 외삼촌이 좋아서 결혼까지 하려고 했

기 때문에 라구나에 사토시가 따라오는 게 불만이었다. 하지만 외삼촌이 사 준 아이스크림 덕분에 금세 기분이 좋아졌다.

외삼촌은 엄마한테는 철저히 비밀을 지키는 조건으로 엄마의 어린 시절 이야기를 들려주었다. 남에게 지는 것을 죽기보다 싫어했던 엄마는 외삼촌과 싸울 때도 삼촌이 끝내 항복할 때까지 절대로 싸움을 멈추는 법이 없었다고 한다. 엄마는 굉장한 말괄량이에 남자 애들 못지않게 싸움도 잘했단다. 게다가 욕심도 많고 승부욕도 강해서 발렌타인데이 때는 자신이 좋아하는 선생님께 초콜릿을 직접 만들어 선물하려다가 실패하는 바람에 크게 소리 내어 운 적도 있고, 제1지망으로 지원했던 고등학교에 떨어졌을 때는 며칠 동안 방에서 한 발짝도 나오지 않았다고 한다. 외삼촌의 이야기에는 내가 모르는 엄마가 있었다.

내가 아는 엄마는 언제나 자신만만하고 절대 약한 모습을 보이지 않는 강한 사람이었다. 이혼할 때도 약한 소리 한마디 하지 않았다. 엄마는 실패를 모르는 사람이었다. 적어도 내가 아는 한에서는 그랬다.

갑자기 눈물이 날 것 같았다. '그런데 그런 엄마가 지금은 어떻게 하고 있지?' 병실 침대에 누워 멍하니 하루하루를 보내는 엄마의 얼굴을 떠올리니 너무도 가슴이 아팠다.

'엄만 고작 이 정도밖에 안 되는 사람이었어? 지금까지 약한 자신을 교묘히 감추고 자식한테까지 강한 척하며 살았던 거야? 내가 미덥지 못해서?'

아무리 생각해도 모르겠다. 너무 마음이 아파서, 생각하기를 멈추기로 했다. 초콜릿을 하나 입에 집어넣고 한동안 아무 생각 없이 걸었다.

라구나의 관람차가 조금씩 멀어져 갔다.

"축하합니다, 50킬로미터입니다!"

시계를 보니 어느덧 밤 8시가 넘어 있었다. 40킬로미터 체크포인트 도착 시간이 저녁 6시 반이었으니까 휴식 시간을 빼면 대략 한 시간 반 남짓 걸은 셈이었다.

한동안 해안가를 따라 길이 이어졌다. 길모퉁이마다 대회 관계자가 서 있어서 길을 잃을 염려는 없었지만 불과 얼마 전까지만 해도 제법 북적거리며 줄지어 걷던 사람들의 수가 크게 줄어 있었다.

등 번호를 단 사람들의 수가 확실히 눈에 띄게 적어 보였다. 게다가 내가 앞지르는 경우보다 나를 앞질러 가는 사람들이 대부분이었다. 그런 까닭에 편의점 주차장에 많은 사람들이 모여 있는 것을 볼 때마다 적이 안심이 되곤 했다.

처음 출발할 때 그렇게 많던 사람들이 대체 다 어디로 간 걸까. 모두 나를 앞질러 가 버린 걸까, 아니면 내 뒤에 한참 뒤처져 따라오고 있는 걸까, 그것도 아니면 차례로 기권해 버린 걸까?

기권! 한 번 그 말이 떠오르자 옷에 밴 진한 얼룩마냥 좀처럼 머릿속에서 지워지지 않고 남아 있었다. 기권하려면 체크포인트에서 대회 관계자에게 정확히 의사 표시를 하거나 전화를 걸어 자신의 현재 위치를 알려 주고 픽업해 가도록 조치를 취해야 한다. 대회가 진행되는 동안 버스가 코스를 쉴 새 없이 순회하며 기권한 사람을 태워 간다.

또 제한 시간 내에 통과하지 못하면 자동적으로 해당 체크포인트는 폐쇄되고 버스만 남게 된다. 그럴 경우 자신의 의사와는 관계없이 그 자리에서 자동 기권 처리가 된다.

갑자기 마음이 불안해졌다. 대회 시작 때 받은 지도를 펼쳐 제한 시간을 확인해 보았다. 다음 체크포인트의 폐쇄 시간은 23시. 앞으로 3시간 남짓 남은 셈이었다. 지금으로선 시간에 대해서는 크게 걱정하지 않아도 될 것 같지만, 그럼에도 내심 염려가 되었다.

신호가 바뀌기를 기다리는 동안 손으로 허벅지를 가볍게 두드리며, 아무리 힘들어도 50킬로미터 지점까지는 절대 포기하지 말자고 다짐을 했다. '완보까지는 못 하더라도 50킬로미터는 걷고 기권하더라도 기권하자.' 그렇게 되면 전체 거리의 절반밖에 안 되는 거리지만 그래도 12시간 이상 쉬지 않고 걸은 셈이 된다. '그 정도를 포기하지 않고 걸었다면 사토시도 뭐라고 하진 못하겠지.' 할머니도 틀림없이 잘했다고 칭찬해 주실 테고, 어쩌면 엄마도 긍정적인 자극을 받아 재활 치료를 시작하자는 의욕을 보일지 몰라!

그것으로 충분하다. 그런 약한 생각이 시나브로 자라나 내 머릿속을 지배하기 시작했다. '생각해 봐, 50킬로미터야. 평소에는 절대로 걸을 엄두조차 내지 못할 거리인데다 사토시뿐 아니라 내 친구들 중 누구도 그렇게 먼 거리를 걸어 본 적은 없을 거야. 엄마도 한 번에 50킬로미터는 절대 못 걸을 걸. 그리고 무엇보다 지금 나는 혼자야. 그래, 이 정도면 충분하고도 남는 거리다, 50킬로면!'

허벅지며 종아리며 어디 한 군데 아프지 않은 곳이 없었다. 발바닥에는 큼지막한 물집까지 잡혔다. 길바닥의 작은 높낮이 차이에도 발을 내디딜 때 생기는 충격이 고스란히 신경 계통으로 이어져 통증이 심했다. 평평한 곳을 찾아 인도 오른쪽으로 걷다 왼쪽으로 걷다 하면서 최대한 걷기 편한 곳을 찾았는데, 이제는 어느 쪽이 나은지 그 감각마저 사라져 버린 것 같았다. 머리도 제대로 돌아가지 않고 몸 전체가 완전히 지쳐 버렸다. 원래 빈약하기 그지없던 체력이 드디어 바닥을 드러낸 모양이었다. 그야말로 한계 상황이었다.

그래도 50킬로미터 지점까지만 포기하지 말고 어떻게든 가 보자. 그렇게 생각하니 마음이 조금은 가벼워졌다. 50킬로미터까지는 앞으로 5킬로미터도 남지 않았

다. 벌써 40킬로미터도 넘게 걸었는데, 고작 5킬로미터 정도를 못 걸을까.

신호가 바뀌자 나는 다시 힘을 내어 걷기 시작했다.

그로부터 한 시간 남짓 걸었을 때 저 멀리 50킬로미터의 체크포인트인 편의점의 간판이 눈에 들어왔다. 순간, 눈물로 시야가 흐려졌다.

드디어 50킬로미터다. 혼자서 50킬로미터나 걸은 것이다. 걷기 전에는 정말로 내가 50킬로를 걷게 되리라고는 생각지도 못했는데, 인간이란 굳게 마음먹고 도전하면 못하는 일이 없는 존재인가 보다.

말을 듣지 않는 다리를 간신히 움직여 편의점에 도착했다.

"모두들 수고하셨습니다!"

오렌지색 점퍼를 입은 예쁘장한 얼굴의 언니가 웃으며 말했다.

"50킬로미터입니다. 축하합니다!"

이 말을 듣자 퍼뜩 생각이 나 등 번호 확인부터 받았

다. 언니는 손에 들고 있던 서류에 내 등 번호와 시간을 꼼꼼히 기록했다. 기록이 다 끝나자 그녀는 나를 보고 환하게 웃으며 말했다.

"남은 반도 최선을 다하세요!"

"……네!"

남은 반이라. 편의점 주차장에 앉아 생각했다. 50킬로미터나 걸었다. 하지만 아직 50킬로미터가 남았다. 시간은 어느덧 밤 9시가 넘어 있었다. 처음 걷기 시작한 지 무려 12시간이 지났다. 도중에 휴식을 취하기는 했지만 그래도 12시간 넘게 포기하지 않고 걷다니, 스스로 대견하다는 생각이 들었다.

대회 초반의 30, 40킬로미터 체크포인트에서와는 달리 50킬로미터 체크포인트의 마사지 텐트 앞에는 상당히 많은 사람들이 줄지어 서 있었다. 의자가 부족하다 보니 미처 자리를 잡지 못한 채 고개를 숙이고 서서 기다리는 사람도 있고 바닥에 주저앉아 기다리는 사람도 있었다. 마사지를 받고 난 뒤에도 서둘러 출발하지 못하고 쭈그리고 앉은 채 움직이지 않는 사람도 간혹 보였

다. 편의점 주위에도 바닥에 앉아 휴식을 취하고 있는 사람이 많았다.

보통 때라면 이런 시간에 편의점 주위에 떼를 지어 몰려 있는 것은 불량 청소년 정도였을 텐데, 오늘만큼은 할아버지부터 젊은 여성과 학생에 이르기까지 다양한 연령대의 사람들이 옹기종기 모여 있었다. 이 모습을 폰카로 찍어 사토시에게 보내려다가 그만두고 문자 메시지만 보냈다.

개회식 때 대회 관계자로 보이는 오렌지색 점퍼 차림의 아저씨가 귀가 따갑도록 우리에게 주의를 주었다. 걷는 도중 들르는 가게에 최대한 피해를 주지 않도록 조심해 달라고. 편의점에서는 볼라드(bollard: 차량 진입 방지용 말뚝—옮긴이)에 절대 앉으면 안 됩니다, 길을 걸을 때는 도로로 나오지 말고 가장자리로 걸으세요, 좁은 길에서는 가급적 두 줄로 걸으세요, 밤길에선 반드시 손전등을 켜고 걸으세요.

출발 직후에는 편의점에 들를 때 사람들이 바닥 대신 볼라드 같은 곳에 앉곤 했는데, 50킬로미터 지점에 도달하니 볼라드까지 가기도 전에 바닥에 주저앉아 버리거나 편의점 외벽에 몸을 기대는 사람이 많았다. 전쟁에 대해서는 말로만 들었지 한 번도 겪어 보지 못했지만 사람들의 그런 모습들을 보면서 왠지 전쟁터의 야전병원 같다는 생각이 들었다.

지치다 못해 눈에 띄게 홀쭉해진 사람들의 얼굴이 하나같이 어두워 보였다. 나도 다른 사람들의 눈에는 저렇게 보이겠지, 생각하니 웃음이 나왔다.

미리 챙겨 온 웃옷을 꺼내 입었는데도, 걸음을 멈추고 쉬고 있자니 으슬으슬 한기가 느껴졌다. 무겁고 뻣뻣한 다리를 질질 끌다시피 하며 가까스로 움직여 편의점 안으로 들어가 따끈한 어묵을 하나 샀다. 무와 달걀. 전부 팔리고 없을 거라 생각했는데, 다행히도 아직 몇 개 남아 있었다.

지금까지 주로 편의점이나 마트에서 인스턴트 어묵을 사 먹었는데, 딱 한 번 외삼촌과 함께 집에서 직접 만들어 먹은 적이 있었다. 엄마는 일 때문에 바쁘기도 했지만 애초 요리에는 관심 자체가 없는 사람이었다. 손이

많이 가는 음식은 만들어 볼 엄두도 아예 내지 못했다. 엄마가 만들 수 있는 요리라곤 카레라이스(이걸 요리라고 불러도 되는지 모르겠지만!) 정도였고, 나머지는 전부 반찬 코너의 밑반찬이나 볶음밥, 아니면 빵 등이 우리의 주 메뉴였다.

그런 터라 어느 날 외삼촌이 우리 집에 놀러와 "미치루, 우리 어묵 끓여 먹자!" 하고 말했을 때는 가슴이 다 설레었다. 어묵을 집에서 만들어 먹을 수 있다는 사실에 적잖이 놀라고 있었으니까!

아마 중학생 시절 겨울방학 때였을 것이다. 그때도 엄마가 집에 있었다면 외삼촌도 굳이 번거롭게 어묵을 만들어 먹자고 하거나 하지는 않았을 것이다. 외삼촌과 함께 마트에 가서 필요한 재료를 사 오고, 거의 한 번도 사용해 본 적 없는 커다란 냄비를 꺼내 국물을 우려낸 다음 무, 어묵, 곤약, 달걀 등을 넣고 팔팔 끓였다.

직장에서 퇴근해 집에 돌아온 엄마는 주방의 참상에 놀라며 외삼촌에게 불같이 화를 냈다. 하지만 어묵 요리를 맛본 다음에는 어느 정도 화가 풀렸는지 의외로 맛있다고 칭찬해 주었다. 사토시도 무척 맛있게 먹었다. 나와 외삼촌은 어묵 요리의 성공을 기뻐하며 하이파이브를 했다.

하고많은 일들 중에 하필 이런 일만 생각나다니……! 마치 성냥팔이 소녀가 된 것 같은 기분이었다. 그렇게, 걷는 내내 즐거웠던 추억부터 괴로웠던 기억까지 차례로 떠올랐다가 사라지곤 했다.

이대로 죽는 것도 아닌데, 그저 포기하지 않고 열심히 걷기만 하면 되는데, 왜 이렇게 자꾸 비장한 마음이 드는 거지?

'그래, 그냥 걷는 것뿐이야……!'

내가 생각하고도 깜짝 놀랐다. '나는 그냥 걷는 것뿐이다. 에베레스트를 등반하는 것도 아니고, 풀코스 마라톤을 뛰는 것도 아니고, 철인 3종 경기를 하는 것도 아니고, 바다에 빠져 허우적대는 것도 아니다. 앞을 보고 그냥 꾸준히 걷기만 하면 된다. 누구나 할 수 있는 '걷기'를 하고 있을 뿐이다.'

천천히 자리에서 일어섰다. 다리를 굽혔다 폈다를 서

너 번 반복한 뒤 다 먹고 난 빈 어묵 그릇을 쓰레기통에 버렸다. 배낭을 메고 초콜릿 두 개를 한 번에 입에 집어넣었다.

발바닥은 바늘로 찌르는 듯 아프고 뼈까지 욱신거렸다. 걸으려 해도 추위에 너무 오래 노출되는 바람에 굳어 버린 허벅지가 제대로 말을 듣지 않았다. 억지로 한 걸음 내딛었다.

그래, 그저 걷기만 하면 되는 거야! 이건 마라톤 대회가 아니니까 체력도 지구력도 심폐 기능도 전혀 관계없어. 그러니까 좀 더 열심히 걸어 보자. 적어도 오버타임이 되어 내 의사와 무관하게 버스에 타게 되는 상황만은 피해 보자.

기권 버스의 유혹

처음에는 기분 탓인 줄 알았다. 톡, 톡, 조심스럽게 내리기 시작한 비.

"일기예보에선 안 온다더니, 웬 비람!"

갑자기 대회 중에 반드시 비가 올 거라고 단언했던 무나카타 할아버지가 생각났다. 할아버지와 같이 걸었던 것이 방금 전의 일처럼 가깝게 느껴지기도 했고, 며칠 지난 일처럼 멀게 느껴지기도 했다.

더 이상 쓸데없는 생각은 하지 말고 열심히 한번 걸어 보자, 마음속으로 다짐을 하고 최후의 수단인 엠피쓰리로 음악을 들으며 최대한 기분을 가볍게 하기 위해 애쓰던 참인데, 그런 나의 노력에 갑자기 찬물을 끼얹다니 하늘도 참 무심하시지!

비는 무시하자, 다시 마음먹고 가급적 신나는 음악들만 골라서 들었다. 빗줄기가 점점 더 굵어졌다. 더 이상은 안 되겠다 생각하고 있는데, 갑자기 편의점의 불빛이 눈에 들어왔다. 다행히 여러 개의 편의점들이 길 양편으로 늘어서 있었다.

코스를 벗어나 도로를 가로질러 편의점 한 곳의 처마 밑으로 뛰어 들어갔다. 배낭에서 무나카타 할아버지가 챙겨 준 우비를 꺼냈다. 편의점에서 파는 일회용 우비에 지나지 않지만 세차게 퍼붓는 빗속을 걸을 때 그것을 입은 것과 안 입은 것은 천양지차였다.

우비를 입기 전 문득 편의점 안을 들여다보니 전부 팔렸는지 가게 안에 남아 있는 우비가 하나도 없었다. 분명 앞서간 사람들이 모두 사 갔을 것이다. '천만다행이다! 할아버지 고맙습니다', 하고 중얼거리면서 우비 소매에 팔을 끼워 넣었다.

조금이나마 긍정적인 마음을 유지할 수 있었던 것도 몇 시간뿐, 빗줄기가 점차 굵어지면서 우비에 부딪치는 빗방울 소리 때문에 엠피쓰리의 음량을 자꾸자꾸 키워야 했고, 밤이라는 시간대와 비의 상승 효과로 인해 전방의 시야마저 갈수록 흐릿해졌다. 오늘만큼은 절대로 실수하면 안 된다는 생각에 예정보다 20분 남짓 일찍 일어나 서둘러 끼운 콘택트렌즈 때문에 눈까지 다 아프고 쓰라렸다.

운동화는 비에 흠뻑 젖어 질척거리고, 체육복 바지 아랫단까지 완전히 젖어서 무척이나 차가웠다. 할머니의 성화에 못 이겨 배낭에 넣어 온 핫팩을 붙인 덕분에 그렇게 많이 춥지는 않았지만, 이대로 가다가는 감기몸살에 걸릴 것 같았다.

'더 이상은 무리다. 그야말로 한계 상황이다. 60킬로미터 체크포인트에서는 반드시 기권하자'고 마음을 먹었다. 도중에 전화를 해서 기권할 만큼 용기가 없는 것이 슬펐지만, 비까지 내리는 상황에 이 페이스로 걷다 보면 결국 오버타임으로 자동 기권될 게 불을 보듯 뻔했다. 이렇게 기권하든 저렇게 기권이 되든 결국 결과는 마찬가지였다.

나는 손전등으로 비에 젖은 지도를 비췄다. 이상한 점은, 60킬로미터 체크포인트를 지난 다음에는 70킬로미터, 80킬로미터가 아니라 68킬로미터, 82킬로미터 식으로 불규칙하게 표시되어 있었다. 지금까지는 10킬로미터마다 체크포인트가 있었는데, 그것이 갑자기 불규칙해진 것이었다. 편의점 사정에 맞추다 보니 그렇게 되었겠지만 아무리 그렇더라도 왠지 모르게 불안한 마음이 일어나는 것은 어쩔 수 없었다.

'기적이라도 일어나 당장 비가 그치고 주위가 환하게 밝아진다면, 그래서 60킬로미터 체크포인트까지 갔는데 다행히 더 걸을 수 있다면 68킬로미터까지는 어떻게 해낼 수 있을지도 모른다. 그래 봐야 고작 8킬로미터 정도니까, 지금까지 걸어온 거리에 비하면 그야말로 새 발의 피다.'

하지만 그 다음에는 14킬로미터가 기다리고 있었다. 너무 많이 걸어서 감각마저 마비된 듯했지만 14킬로면

30킬로의 거의 절반에 해당되는 거리였다.

"안 돼, 무리야, 절대 무리야!"

빗소리 때문에 아무도 듣지 못할 거라 생각하고 목청껏 소리를 질렀다. 낮 동안의 30킬로미터도 장난 아니게 힘들었는데 한밤중에, 그것도 혼자 걷는 14킬로미터는 정말 무리였다. 82킬로미터라는 거리를 내가 걸을 수 있을 리가 없었다.

비 때문에 체온을 빼앗긴 탓인지 다리 근육이 점점 더 차가워졌다. 그렇지 않아도 근육이 굳어 움직이기 힘든데, 체온마저 떨어져 걷기가 더욱 힘들어졌다. 다른 참가자들과 함께 신호를 기다릴 때마다 다리를 굽혔다 폈다 하며 움직이려고 하는데 자꾸만 까먹었다. 가드레일에 의지해 비틀거리면서 잠시 앉았다가 다시 비틀비틀 일어섰다.

"내가 지금 여기서 왜 이러고 있는 거지? 이런 일이 대체 무슨 의미가 있다고!"

정말 바보 같다. 몸이 피로로 인해 녹초가 되고 정신적인 고통까지 더해졌다. '도대체 이게 무슨 짓이야. 처

음부터 외삼촌은 왜 안 온 거며, 왜 나 혼자 이러고 있는 거냐고.'

한 번 이렇게 생각하기 시작하자 도저히 멈출 수가 없었다.

엄마가 쓰러졌을 때도 그랬다. 외삼촌은 우리 곁에 없었다. 사토시와 둘이 지내게 된 후에도 마찬가지였다. 외할머니는 가능한 한 자주 연락하고 직접 와서 보살펴 주려고 하지만 거리도 가깝지 않은데다 지하철과 버스를 여러 번 갈아타야 하기 때문에 자주 신세를 질 수도 없었다. 사토시는 여전히 촐랑거리기만 하고 집안일엔 손 하나 까딱하지 않았다. 평일에는 친구들 만나 실컷 놀다 오고, 휴일에도 잠깐 엄마 병문안 갔다가는 서둘러 어디론가 가 버리곤 했다.

나는 지금 다니는 학교로 전학 온 후 겨우 반 아이들과 친해지기 시작했는데, 수업이 끝나면 곧장 집으로 직행해 집안일을 해야 했다. 나만 바보가 된 것 같아 기분이 항상 좋지가 않았다.

외삼촌은 자기 마음 내킬 때 왔다가는 집안만 한바탕

어질러 놓은 뒤 돌아가곤 했다. 외삼촌은 늘 그런 식이었다. 오늘만 해도 그렇다. 자기 멋대로, 나로선 왜 참가해야 하는지 의미도 모를 이런 대회에 덜컥 신청해 놓고는 정작 본인은 나타나지도 않았다. '대체, 내가 어떻게 해 주기를 바라는 거야. 무슨 생각을 하는 건지 모르겠지만, 제발 더 이상은 나를 힘들게 하지 말아 줘, 제발! 이미 충분히 힘들다고.'

엄마도 그렇다. 지금껏 잘난 척만 하며 살더니 그런 사고 정도에 어떻게 그렇게 나약해질 수가 있어? 사람을 자기 멋대로 휘두르기나 하고……. 재활 치료만 하면 걸을 수 있다는데, 왜 하지 않는 거냐고! 어리광도 적당히 부리라고! 내 기분도 좀 생각해 달란 말이야! 얼른 재활 치료를 받고 나아서 내게 원래의 생활을 돌려달란 말이야!

뺨을 타고 흐르는 빗물이 이상하게 따뜻하다 싶었는데, 알고 보니 눈물이었다. 나도 모르는 사이에 눈물을 흘리며 걷고 있었던 것이다.

온몸에 붕대를 감은 채 병실 침대에 누워 있는 엄마를

보면서도 울지 않고 버텼는데, 웬일인지 자꾸만 눈물이 났다. 그러다가 급기야 숨이 넘어갈 듯 꺼이꺼이 소리 내어 울면서 코를 훌쩍거리자 빗물이 그대로 코로 들어와 숨이 콱 막히기 시작했다. 그래도 눈물은 좀처럼 멈추지 않고 흘러내렸다.

어두운 밤길, 가끔씩 자동차가 지나가는 좁은 길을 그렇게 펑펑 울면서 하염없이 걸었다. 빗속에 쉴 곳도 마땅치 않아 기권하고 싶어도 도리가 없어 계속 걷는 수밖에 없었다.

60킬로미터 체크포인트에 도착했을 때는 긴장이 풀려 아무 생각도 할 수 없었다. 정신을 차려 보니 빗줄기가 꽤나 약해져 있었다. 한데, 흐느껴 울며 정신없이 걷다 보니 그것도 모르고 있었던 것이다.

편의점의 불빛과 오렌지색 점퍼를 입은 사람이 보여서 그쪽으로 비틀거리며 다가갔을 때 누가 뭐라고 말을 걸어왔는데, 그가 뭐라고 말을 했는지는 전혀 기억이 나지 않는다.

의자가 눈에 띈 순간, 빨려들듯 그대로 다가가 거기에 주저앉았다. 흔하게 볼 수 있는 싸구려 의자였는데, 그렇게 고맙고 반가울 수가 없었다. 여기에 이불만 하나 있으면 그대로 쓰러져 잠들었으면 정말 소원이 없겠다 싶었다. 그런 생각을 하며 앉아 있는데, 눈앞에 버스가 한 대 보였다.

한동안 나는 그 버스를 멍하니 쳐다보고 있었다. 버스를 타러 가는 사람이 몇 명 있었다. 그 광경에 문득 생각이 났다.

그래, 저건 기권한 사람을 태우는 버스다. 시계를 보니 60킬로미터의 체크포인트가 폐쇄되기 30분 전이었다. 시간 내에 통과하지 못한 사람들을 태우기 위해 버스가 대기하고 있었던 것이다. 그 버스에 빨려들듯 한 사람 또 한 사람 기권하기로 결정한 사람들이 버스에 올랐다.

버스 안은 무척이나 따뜻해 보였다. 더 이상 비를 맞지 않아도 되고, 뽀송뽀송한 의자에 앉아 편안히 잠을 자는 사이에 결승점인 온천까지 데려다 주는 꿈같은 장

소인 것이다.

 무엇보다 저 버스에 타기만 하면 더 이상 힘들게 걷지 않아도 된다. 그러면 지금 겪고 있는 이 끔찍한 고통도 당장 끝이 날 것이다. 바늘로 찌르는 듯 극심한 통증을 참으면서까지 한 발 한 발 다시 발을 내디디며 힘들게 걷지 않아도 된다.

 무의식중에 자리에서 일어섰을 때 누가 내게 말을 걸었다.

 "그쪽 번호 부르는 것 같은데……."

 "어……?"

 그 소리에 놀라 정신을 차렸지만 잠시 동안 무슨 말인지 몰라 말을 건 사람을 물끄러미 바라보았다. 무뚝뚝한 표정의 소년 하나가 옆 의자에 앉은 채 나를 말없이 올려다보고 있었다.

 "마사지 받으려고 줄 선 거 아니야?"

 "마사지?"

 소년이 가리키는 쪽을 돌아보니 사람들이 바닥에 누워 있었다. 내가 쉬려고 앉았던 의자는 마사지 코너 앞에 놓여 있던, 마사지를 받기 위해 대기하는 사람들을 위한 의자였다.

"나는……."

"거기 학생, 이쪽이야!"

이제 그만 기권하고 저기 있는 버스에 타려고 한다는 말을 꺼내려는데, 텐트 안에서 어떤 아저씨가 일어서서 나를 불렀다.

"빨리빨리! 기다리는 사람 많잖아!"

재촉하는 소리에 이유도 모른 채 바닥에 누워 있는 사람들의 발 아래쪽을 지나 아저씨에게로 다가갔다. 아저씨는 한눈에 보기에도 꽤나 위엄이 있어 보였다. 주위가 상당히 어두워서 정확히 알 수는 없었지만 우람한 근육질 몸매에 덩치도 크고 목소리도 쩌렁쩌렁했다. 한마디로 무서웠다.

가까이 가서 보니 의외로 젊어 보이기는 하는데, 나이는 도무지 짐작을 할 수가 없었다. 어쩌면 외삼촌과 나이 차이가 크게 나지 않을지도 모른다는 생각이 들었다.

아저씨의 재촉에 신발을 벗고 돗자리 위에 엎드려 누

왔다.

"어디가 제일 아프니?"

"발바닥하고 허벅지랑 종아리요. 다리 전체가 다 아파요."

"그래?"

말이 끝나기 무섭게 아저씨는 엄청난 힘으로 발바닥을 꾹꾹 누르기 시작했다. 발에 극심한 통증이 느껴져 나도 모르게 입에서 비명이 터져 나왔다.

"아얏! 아파요. 좀 살살 해 주세요. 그러다가 물집이 다 터지겠어요!"

"당연하지. 아픈 게 당연한 거야. 네가 평소에 하지 않던 일을 지금 하는 거잖아."

"그래도……."

발바닥 한가운데를 꾹꾹 누르자 눈물이 날 만큼 아팠다. 이쯤 되면 물집이 문제가 아니었다. 혈 자리를 누르는지 기절할 정도로 아팠다. 내가 꺅, 꺅 비명을 지르자 아저씨는 그렇게 소리를 지를 수 있다는 것은 아직 기운이 남아 있는 증거라며 조금도 누르는 강도를 낮추지 않왔다.

"갈아 신을 양말은 있니?"

"있어요……."

하도 아파서 눈물이 나오려는 것을 꾹 참고 겨우 대답했다.

양말도 할머니가 억지로 챙겨 넣어 준 것이었다. 어제 저녁 짐을 꾸릴 때 갑자기 우리 집에 나타난 할머니가 만일을 위해 아무튼 많이 갖고 가야 한다면서 타월이며 셔츠, 양말을 억지로 배낭에 쑤셔 넣었다. 그러고 보니, 무겁게 챙겨 왔는데 아직까지 한 번도 갈아 신지 않고 있었던 것이다.

"양말은 되도록 자주 갈아 신는 게 좋아. 발가락 양말은 가져왔니?"

"없는데요. 그냥 양말만 있는데……."

"그럼, 그걸 두 켤레 겹쳐 신어라. 너 지금, 발바닥이 꽤 아플 텐데……."

"네, 많이 아파요!"

"네게 해로운 말 아니니, 꼭 갈아 신어."

"네."

아저씨의 단호한 어투에 나도 모르게 고개를 끄덕였다. 다음으로 허벅지를 같은 세기로 마사지했는데, 허벅지는 발바닥만큼은 아프지 않았다. 그렇게 마사지를 받다 보니 딱딱하게 굳어 있던 근육이 한결 부드러워지는 느낌이었다.

"신발 끈도 느슨하게 묶는 게 좋은데, 처음 그대로 걸었지? 60킬로나 걸으면 다리가 붓기 때문에 세게 묶으면 걷기 힘들어."

"네."

양말도 갈아 신고 운동화 끈도 느슨하게 묶고 나자 아저씨의 기세에 압도되어 조금 전까지 기권 버스를 타려던 생각은 신기하게도 어디론가 온데간데없이 사라지고 없었다.

"허벅지 근육은 생각보다 많이 굳지는 않아서 앞으로 100킬로는 더 갈 수 있을 거다."

"농담마세요."

"그래. 100킬로는 심했고……, 하지만 내가 장담하는데 50킬로는 너끈히 갈 수 있어!"

내가 소리를 지르자 아저씨는 씩 웃었다. 그러고는 천장을 보고 바로 눕자 다리를 접듯 구부리며 천천히 눌렀다. 그러자 허벅지 뒤쪽이 확 펴지는 느낌이었다. 오른쪽 다리, 다음은 왼쪽 다리…….

"너, 혼자 걷는 거니?"

"네……."

힘없이 대답하는데, 나도 모르게 다시 눈물이 날 것만 같았다. 갑자기 잊고 있었던 고독을 확인한 것만 같았기 때문이었다.

"나도 작년에는 혼자 걸었지……. 진짜 힘든 건 지금부터야!"

"네."

이미 충분히 힘들다고 생각하면서 맞장구를 쳤다. '이보다 더 힘들 수는 없다. 솔직히 여기서 그만두고 싶다.' 그런데 아저씨의 말 한마디에 그런 말은 입 밖에 낼 수도 없게 되었다.

"내가 40킬로 걸을 수 있게 성심성의껏 도와 줄 테니

꼭 완보해라."

 아무 말도 나오지 않았다. 아저씨는 어째서 처음 보는 사람에게 이렇게까지 친절하게 도와주는 걸까? 당장이라도 포기하려는 나에게……. 이제 그만 기권하고 버스에 오르려던 나에게……. 도대체 왜! 아저씨는 당사자인 나보다 더 나의 완보를 믿어 주고 응원해 주고 있었던 것이다.

 이번에는 양쪽 발목을 잡고 가볍게 털어 준다. 나는 몸에서 힘을 최대한 빼고 아저씨가 해 주는 대로 한동안 가만히 있었다. 다리뿐 아니라 긴장했던 온몸의 근육이 거짓말처럼 풀리는 것 같았다.

 아저씨는 이마에 맺힌 땀을 닦아 냈다. 밤인데다 비까지 내리는데도 땀을 흠뻑 흘릴 만큼 쉴 새 없이 마사지를 해 주며 참가자들을 격려하고 있었던 것이다. 자세히 들어 보니 주위에서도 비슷한 소리가 들렸다. 벌써 반이 넘었어요, 꼭 완보할 수 있어요, 힘내세요, 결승점에서 만나요…….

 천장을 보고 바로 눕기를 잘했다. 아니었으면 그대로

눈물이 흘러내렸을 것이다. 여기까지 오면서 너무 많은 눈물을 흘린 탓에 다 말라 버려 더 이상은 눈물이 나오지 않을 거라 생각했는데, 그게 아니었다.

"아무튼 앞으로는 신호를 기다릴 때마다 마타와리를 해라."

"마타와리요?"

"스모 선수들이 시합 전에 하는 거 말이다. 다리를 최대한 넓게 벌리고 앉았다가 일어서는 거야. 일종의 스트레칭이지."

"네."

마사지가 끝나고 자리에서 일어났다. 깜짝 놀랄 정도로 다리가 가볍고 부드러워졌다. 다리를 굽히고 펴는 동작조차 힘들었는데, 이젠 의자를 잡지 않고도 거뜬히 굽혔다 폈다 할 수 있었다. 마치 마법에 걸린 것만 같았.
'대단해! 40킬로미터를 걸을 수 있게 해 주겠다는 아저씨의 말이 과장이 아니었나 봐!'

"정말 고맙습니다!"

발바닥의 통증도 많이 가라앉았고, 허벅지 역시 한결

가벼워졌다.

감동한 나머지 진심으로 고맙다는 인사를 하자 아저씨는 다시 씩 웃었다.

"해가 되지 않을 테니, 아까 내가 한 말 꼭 명심해라. 결승점에서 기다리마!"

"네."

불과 10분 남짓의 마사지로 몸이 훨씬 가벼워졌다. 아저씨에게 인사를 한 다음 편의점 쪽 처마 밑으로 가서 양말을 갈아 신고 운동화 끈도 느슨하게 고쳐 묶었다. 내친 김에 편의점 안으로 들어가 화장실에서 셔츠도 갈아입었다. 비는 어느새 가랑비로 바뀌어 계속 내리고 있었지만 마사지를 받고 양말과 셔츠를 새것으로 갈아입은 것만으로도 기분이 날아갈 듯 상쾌했다. 다시 비에 젖어도 갈아입을 셔츠와 양말이 넉넉히 남아 있으니 걱정할 게 전혀 없었다.

몸이 추위로 다시 굳기 전에 출발하기로 했다. 편의점을 떠날 때 힘내라고 말해 준 오렌지색 점퍼 차림의 사람에게 인사를 하고 걷기 시작했다.

다음 체크포인트는 68킬로미터 지점. 그다지 시간적인 여유가 없었다. 지도를 확인한 뒤 첫 번째 편의점을 목표로 걸었다.

그 후 한 시간 남짓 음악을 들으며 꽤나 빠른 페이스로 걸었다. 그 사이에 편의점이 없어서 한 번도 쉬지 않았다. '이제 곧 편의점이 나타날 테니까 도착하면 뭔가 달콤한 음료라도 사서 마시며 쉬어야지, 무얼 마실까' 생각을 하며 걷고 있었다.

상당한 거리를 걸었을 때 그제야 편의점의 불빛이 하나 둘 눈에 들어오기 시작했다. 캔 포장이라도 좋으니까 단팥죽을 사 먹을까? 여유롭게 이런저런 생각을 하며 편의점 쪽으로 다가갔다. 먼저 바깥에서 배낭을 벗고 위치를 확인하기 위해 지도를 꺼냈다.

정확하지는 않지만 느낌상 시속 40킬로미터 페이스로 한 시간 조금 못 되게 걸은 것 같았다. 아마도 4킬로미터쯤 걸었을 것이다. 다음 체크포인트는 68킬로미터니까 이제 절반은 걸은 셈이었다. 이 상태면 오버타임은

되지 않겠지, 하고 안심하며 지도를 보다가 깜짝 놀라고 말았다.

"62킬로……?"

다리에 힘이 쭉 빠지면서 그만 그 자리에 주저앉고 말았다. 지도에 표시된 편의점의 위치에는 62킬로라는 숫자가 씌어 있었다. 62킬로라니, 60킬로를 빼면 겨우 2킬로라는 말인데…….

"뭐야 이거, 믿을 수 없어!"

비 때문에 지도가 젖어서 혹시나 잘못 본 게 아닌지 다시 눈을 크게 뜨고 확인했지만 아무리 봐도 62킬로미터였다.

한 시간 가까이 쉬지 않고 힘들게 걸었는데, 더구나 이 정도면 빠른 페이스라고 생각하며 걸었는데, 걸은 거리가 고작 2킬로미터밖에 안 된다고?

이번에는 정말 오버타임으로 버스에 타게 되겠구나! 다시 나약한 생각이 항아리 속의 코브라처럼 머리를 쳐들었다. 이 정도의 페이스로 걸어도 2킬로미터라면 나머지 6킬로미터를 걷는 데 세 시간은 족히 걸릴 것이다.

지금 시각이 새벽 2시 반. 68킬로미터 지점의 체크포인트가 폐쇄되는 시간은 새벽 4시 반. 앞으로 두 시간밖에 남지 않았다. 이런 식이면 도저히 시간 내에 도착할 수 없을 것이다.

"이게 뭐야……."

마사지까지 받았는데, 그래서 겨우 걸을 수 있게 되었는데……. 양말도 갈아 신고, 운동화 끈도 고쳐 메고, 신호를 기다릴 때마다 스트레칭도 빼놓지 않았는데……, 그런데 고작 2킬로미터라고?

다시 눈물이 왈칵 쏟아질 것 같았다. 떨구어진 고개에 힘이 들어가지 않았다. 바닥에 주저앉은 채 두 번 다시 일어설 수 없을 것만 같았다. 겨우 2킬로미터밖에 못 걸었다니…….

이대로라면 시간 내에 결승점에 도착하는 것은 도저히 무리였다.

"여기서 이러고 있을 여유 있어?"

그때 누군가 내게 말을 걸었다. 어디선가 들어 본 적이 있는 목소리였다.

천천히 고개를 들어 보니 60킬로미터 체크포인트에서 내 옆자리에 앉아 있던 소년이었다. 그런데 어떻게 된 일인지 지금 그가 내 앞에 서 있었던 것이다. 그땐 내가 일어선 채 소년을 내려다보았기 때문에 미처 깨닫지 못했는데, 생각보다 키가 커 보였다. 처음 만났을 땐 어릴 거라고 짐작했는데, 어쩌면 나보다 나이가 한두 살가량 더 많을지도 모르겠다고 생각했다.

"시간이 그리 많지 않을 텐데……."

'왜 말을 거는 거야. 그냥 내버려 두라고!' 속으로 이렇게 중얼거리며 천천히 올려다보았다. 소년은 그 말만 하고는 눈앞에서 금세 사라져 버렸다. 나를 앞질러 저만치 가 버린 모양이었다.

어찌됐든 나는 상관없다고 생각했다. 소년의 행방도, 100킬로미터도……. 어차피 이대로라면 시간 내에 도착하지 못할 것이었다. 어차피 기권 처리될 바에는 더 이상 한 걸음도 걷고 싶지 않았다. 더 이상의 고통을 당하기는 싫었다.

고개를 숙인 채 앉아 있는데, 다시 누군가가 옆으로

다가와 앉았다. 그러고는 부스럭거리면서 움직였다. 중얼거리는 소리도 났다.

"뭐야? 아직 2킬로? 농담이겠지……."

그 소년이었다. 그 애는 무척이나 요란하게 쩝쩝 소리까지 내며 닭 꼬치구이를 맛있게 먹다가 내가 갖고 있던 지도를 낚아채듯 가져갔다.

"다 틀렸어. 시간 내에 도착하는 건 이제 도저히 불가능해!"

들릴 듯 말 듯 작은 소리로 내가 말했다.

"겨우 2킬로야. 벌써 2시 반인데……. 아무리 서둘러도 절대로 시간 내에 도착 못해."

이번에는 조금 큰 소리로 말했다. 소년은 시계와 지도를 번갈아 보며 계속 꼬치구이를 먹었다. 이런 상황에서 꼬치구이가 넘어갈까. 감탄하면서 소년을 쳐다보았다. 소년이 말했다.

"이 지도가 잘못됐어. 확실해."

"왜 그렇게 생각해?"

내가 그에게 물었다. 꼬치구이는 눈 깜짝할 사이에 사

라지고 막대기만 남았다. 그러자 이번에는 소년이 비닐봉지에서 샌드위치를 꺼냈다. 이런 상황에 대체 얼마나 먹어 대는 거야.

"이 페이스로 꼬박 한 시간을 걸어왔는데 고작 2킬로밖에 못 왔다는 건 말이 안 돼. 나는 이 지도보다는 나의 감각을 믿어!"

샌드위치를 한입 가득 베어 문 탓에 다소 웅얼거리는 소리로 그가 그렇게 말했다. 나는 아무 대꾸도 하지 못했다. 사실, 나 또한 그렇게 생각하고 있었다. 하지만 나는 소년처럼 나의 감각을 완전히 신뢰하지는 못하고 있었다. 그런 까닭에 완보의 꿈을 깨끗이 포기하고 있었던 것이다.

'나는 나를 믿어'라는 말을 지금까지 단 한 번도 입 밖에 내어 본 적이 없었다. 그런 자신감이 나에게는 없었다. 엄마는 늘 그것을 신조로 살아왔지만 나는 나 자신을 믿지 못했다. 하지만 이제는 달라지고 싶었다. 그래, 지금이 바로 그때다!

나는 일어섰다. 다시 발걸음을 서두르기 위해서였다.

그리고 그러기 전 우선 배를 든든히 채워 두기 위해서였다. 뭔가를 먹으면서 걸을 수는 없는 노릇이었다. 배가 고프면 생각도 어두워진다. 무나카타 할아버지도 그렇게 말했었다.

내가 닭 꼬치구이를 사서 밖으로 나오자 소년은 보이지 않았다. 나를 기다리지 않고 먼저 출발한 모양이었다. 혼자 꼬치구이를 먹은 다음 한참 동안 스트레칭을 하고, 60킬로미터 지점에서 내게 마사지를 해 주었던 아저씨의 말대로 가능한 한 다리를 넓게 벌려 다리 근육을 풀어 준 뒤 출발했다.

지도는 더 이상 중요하지 않았다. 진짜 중요한 것은 지금 걷고 있느냐 걷고 있지 않느냐였다. 나는 걷는 쪽을 택했다!

"물집이 터졌을 뿐이야!"

68킬로미터 체크포인트까지 어떻게 갔는지 기억이 나지 않았다. 그냥 정신없이 걸었다. 편의점의 불빛과 오렌지색 점퍼가 눈에 들어와 서둘러 시간을 확인했더니 새벽 4시였다. 체크포인트 폐쇄까지는 앞으로 30분. 이번에도 가까스로 시간에 댈 수 있었다.

오렌지색 점퍼를 입은 사람이 "아직 늦지 않았어요. 축하해요!" 하고 환하게 웃으며 말해 주었다. 그에게 고맙다고 인사를 했다. 등 번호를 확인받은 후 편의점에서 필요한 물건을 사서 건물 뒤로 돌아가자 눈에 익은 얼굴

이 보였다.

"어!"

"늦지 않았네?"

"어, 뭐."

자연스럽게 옆자리에 앉았다. 여전히 무뚝뚝한 표정의 그 소년은 이번에는 치킨 조각을 물어뜯고 있었다. 나도 질세라 비닐봉지에서 주먹밥을 꺼내 맛있게 먹었다. '이것 봐라, 나는 이것도 마신다!' 속으로 말하면서 보란 듯이 커피우유를 꺼내자 소년도 비닐봉지에서 우유를 꺼내며 의기양양하게 웃음을 지어 보였다. '이런, 나는 겨우 350밀리리터 용량인데, 저쪽은 500밀리리터다. 졌다.'

결과적으로 둘이 나란히 앉아 말 한마디 나누지 않고 한밤중의 편의점 뒤편에서 용량이 다른 커피우유를 경쟁적으로 마시는 꼴이 됐다. 하지만 이상하게 외롭지는 않았다.

"이제 14킬로야!"

"무사히 걷는다면 82킬로 클리어지."

"응."

"그다음은 결승점까지 얼마 안 돼. 이제 날도 밝아질 테고, 아무 문제없어!"

"그래?"

지도를 보고 있던 참이라 그렇게 말을 건넸더니 역시나 그가 대수롭지 않다는 듯 대답했다. 여전히 자신만만했다. 저 자신감은 대체 어디서 나오는 걸까 궁금했는데, 갑자기 떠오른 생각에 피식 웃음을 터트렸다. 자신감의 원천을 찾는 것이 얼마나 쓸데없는 짓인지 엄마를 보며 깨달았기 때문이다.

또다시 병원에 누워 있는 엄마의 무표정한 얼굴이 떠올랐다. 어째서 예전처럼 자신감 넘치는 엄마로 돌아와 주지 않는 걸까? 이렇게 힘들게 걸었는데, 결국 아무것도 알 수 없었다. 엄마에 대해서도, 또 내가 걷는 이유도……

100킬로미터를 걸으면 뭐가 조금이라도 보이는 것이 있을까? 그리고 내게도 자신감이 생길까?

얼마간의 시간이 지나자 소년이 다시 움직이기 시작

했다. 마침 스트레칭을 마친 터라 나도 함께 출발하기로 했다.

"난 지금 갈 건데, 너는?"

"갈 거야, 걸을 거야."

쓰레기를 버리고 다리를 굽혔다 펴며 마지막 준비운동을 하는 사이 소년이 다시 저만치 앞서 걷기 시작했다. 왼쪽 발에 힘을 주지 않으려는 듯 살짝씩 다리를 끌며 걸었다. 그럼 먼저, 하고 앞지르자 소년도 질세라 다시 나를 추월해 앞으로 나아갔다. 세 번쯤 그렇게 앞서거니 뒤서거니 하다가 귀찮아서 말을 걸었다.

"왜 혼자 걸어?"

"그러는 넌?"

"혼자 걷는 데 무슨 특별한 이유라도 있어야 하니?"

"내가 할 소리."

대화가 좀처럼 이어지지 않았다. '뭐 이런 애가 다 있어! 그만 하자' 포기하고 무시한 채 앞서 걷다 보니 어느 사이에 소년이 내 옆으로 와서 걷고 있었다.

"아버지가 좋아해."

"아버지가 좋다고?"

"아냐!"

갑자기 무슨 소리인가 싶어서 내가 되물었는데, 소년은 큰 소리로 단호하게 부정했다. 그런 뜻이 아닌 모양이었다.

"아버지가 100킬로 걷기를 좋아한다고."

"정말?"

아버지라는 단어가 왠지 내겐 상당히 어색하게 들렸다. 어린아이 같은 소년의 얼굴에 좀처럼 어울리지 않는 느낌이었다. 쟤도 틀림없이 집에서는 아빠라고 할 거야! 만일 우리 집에 아빠가 있었다면……, 사토시도 밖에서는 아버지라고 부를까?

애당초 내겐 아빠라는 단어조차 익숙하지 않았다. 우리 집에서는 꽤 오래 전부터 아빠라는 어휘가 금지어 아닌 금지어가 되어 있었다. 자녀가 둘인 편모 가정이라는 형태가 완전히 정착해 있었기 때문이다.

"몇 해 전부터 혼자 대회에 나갔다가 파김치가 되어서 집에 돌아오는데 질리지도 않는지 매번 참가하는 거

야. 그게 이해가 안 됐어."

어느새 비가 그쳐 있었다. 저 멀리 차츰 하늘이 밝아 오기 시작했다.

"날이 밝아 오네."

작게 중얼거렸다. 날이 밝는다. 아침이 된다. 그것뿐인데 왠지 그 사실이 가슴 절절하고 감격스럽게 느껴졌다. 밤새 혼자 빗속을 걸을 땐 다시 해가 뜨는 것을 절대로 볼 수 없을 거라고 생각했다.

소년은 내가 중얼거리는 소리를 듣지 못했는지 말을 이어 갔다.

"그래서 나도 걸어 보기로 했지. 아버지가 걸으면서 무슨 생각을 하는지 궁금했거든."

"이번에도 참가하셨어?"

"이번엔 서포터로만."

"서포터? 오렌지색 점퍼 입은 사람 말이야?"

나는 체크포인트마다 나타나는 오렌지색 점퍼를 떠올리며 말했다.

"아냐. 오렌지색 점퍼는 이 대회를 기획한 회사의 직

원들인가 봐. 그 사람들 말고 마사지해 주던 사람 있지? 너도 받았잖아."

"아, 그 사람들……."

내게 마사지를 해 주었던 아저씨의 얼굴이 떠올랐다. 사실 따지고 보면 그 아저씨 덕분에 아직 걷고 있는 셈이었다.

"서포터도 참가비를 내. 원래는 돈을 받아야 하는데 말이야. 그런 데서 계속 마사지를 해 주잖아."

"그러게……."

"정말 모르겠어. 왜 매년 대회에 참가해 걷는지, 왜 고생을 자청해 가며 남을 위해 그렇게 열심히 봉사하는지……."

"남은 30킬로를 걷는 동안 알게 될까?"

"글쎄……."

오늘도 옅게 구름이 낀 날씨라서 아침 햇살이 비추지는 않지만 주위가 차츰 밝아지니 기분이 좋았다. 마치 주위 공기가 맑고 투명해지는 것만 같았다.

"다리 괜찮아?"

"물집이 터졌을 뿐이야" 하고 아무렇지도 않다는 듯 대답했다.

"아프겠다······."

"괜찮아!"

'물집이 터졌다니, 최악의 상황이다. 나라면 두말 않고 그 즉시 기권했을 텐데······.' 내 발바닥의 물집은 양말을 두 켤레 겹쳐 신은 덕분에 다행히도 아직까지 터지지는 않았다.

"너는······?"

잠시 후 소년이 말했다.

"왜 걸어?"

"글쎄······."

나는 왜 걸을까? 모든 시작은 외삼촌에서 비롯되었다. 외삼촌이 내 생각은 묻지도 않고 자기 맘대로 대회에 신청하지만 않았더라도 이렇게 고생해 가며 걷는 일은 없었을 것이다.

물론 대회 시작 전 그만두려고 마음먹었다면 그만둘 수 있는 기회는 얼마든지 있었다. 걷기 시작한 후에도 마찬가지였다. 언제든 대기 버스에 올라타기만 하면 그 즉시 게임 끝이었다.

실제로 걷는 동안 나는 기권하는 사람들을 여러 명 보았다. 한밤중 길가에 쭈그리고 앉아서 움직이지 않는 사람이 눈에 들어왔을 때 무심코 지나쳤었는데, 나중에야 기권 버스를 기다리는 사람들이라는 것을 알게 되었다. 하나같이 고개를 깊이 숙인 채 이쪽을 보려고도 하지 않았다.

그 모습에 더럭 겁이 나서 편의점 외에는 가급적 쉬지 않기로 다짐했다. 어둠 속에 앉아 있는 그들한테서 말로는 표현할 수 없는 어떤 슬픔 같은 것이 느껴졌기 때문이었다. 저곳에 앉으면 두 번 다시 일어날 수 없을 것만 같았다.

"나도 모르겠어."

나는 왜 걷는 걸까? 왜 기권하지 않고, 다시 82킬로미터를 목표로 걷고 있을까? 더구나 왜 완보까지 욕심을 내게 되었을까?

사실 나는 몇 번이나 기권하려 했었다. 다리가 아파

서 더 이상은 걸을 수 없을 것 같을 때, 추적추적 비가 내려 가뜩이나 힘든 여정을 더욱 힘들게 만들 때, 기권자를 태우기 위해 대기 중인 버스를 보았을 때, 시간 내에 체크포인트를 통과하는 게 불가능하다며 자포자기하는 마음으로 주저앉아 있을 때……. 신기하게도 그때마다 누군가가, 아니 무언가가 나를 끊임없이 움직이게 했다. 나의 등을 밀어 주었고, 나의 손을 잡아끌며 같이 걸어 주었다. 그 덕분에 나는 지금도 이렇게 걷고 있는 것이다.

이제 나는 100킬로미터를 어떻게든 완보하고 싶다는 욕심을 품게 되었다. 지금까지는 흐릿하고 막연한 꿈이었는데, 처음으로 그 구체적인 목표를 또렷하게 인식하기 시작한 것이었다. 100킬로미터를 멋지게 완보하고 싶었다. 나를 성심성의껏 도와준 사람들을 위해, 그리고 무엇보다 나 자신을 위해 끝까지 걷고 싶었다. 완보 후에 펼쳐질 새로운 세계에 가 보고 싶었다.

이렇게 내가 가진 모든 열정과 힘을 쏟아 부어 무언가에 도전해 본 일이, 자신의 한계를 극복하기 위해 불가능해 보이는 일에 맞서 싸워 본 일이 지금까지 단 한 번도 없었다. 마라톤 대회 때는 나 자신의 한계를 미리 그어 놓고, 난 이 정도밖에 할 수 없다며 스스로의 가능성을 신뢰하지 않았다. 나는 이 정도의 인간이기 때문에 이 정도밖에 하지 못한다, 나는 엄마와는 다르다, 엄마의 기대에 절대로 부응할 수 없다……. 이렇게 처음부터 자신의 가능성과 잠재력을 인정하려 하지 않았다. 그러니 무슨 일이든 전력투구할 수 있을 리 없었다. 엄마에게 그렇게 자주 잔소리를 들었는데도, 당시에는 엄마가 하는 말의 의미를 전혀 이해하지 못하고 있었던 것이다.

하지만 지금의 나는 다르다. 나는 이미 나의 한계를 멋지게 극복해 냈다. 체력은 바닥으로 떨어진 지 오래였다. 지금 나를 걷게 만드는 힘은 무슨 일이 있어도 완보하고 싶다는 간절한 바람이었다. 아무리 어렵더라도 끝내 100키로미터를 멋지게 완보하고 싶다는 마음, 진심으로 응원해 주는 사람들의 마음이 나를 걷게 했다.

100킬로미터를 완보하고 나면 앞으로의 마음가짐도 달라지지 않을까? 마음만 먹으면 무슨 일이든 반드시

해내고 마는 엄마와 같은 사람이 될 수 있을까? 이제 생각해 보니, 지금 당장 달라져야 하는 사람은 엄마가 아니라 바로 나였다!

'엄마, 나는 엄마의 갑작스런 변화가 싫어서 이전의 엄마로 돌아오기를 바랐는데, 엄마는 오래 전부터 내가 달라지기를 바랐던 거지? 만일 내가 달라지면 엄마도 이전의 엄마로 돌아올 수 있는 거야? 재활 치료를 받고 마침내 엄마의 힘으로 다시 걷는 모습을 우리에게 보여 줄 거야?'

"……뉴턴이."

"뭐? 뭐라고 했어?"

소년이 갑자기 중얼거렸다. 잠시 생각에 빠져 듣지 못한 걸 수도 있지만, 뜬금없이 뉴턴이라니?

"뉴턴이 만유인력을 발견했듯이 우리는 뭐든지 할 수 있다."

"무슨 소리야?"

뜬금없이 뉴턴이니 뭐니 하는 걸 보니 이 아이, 머리가 조금 이상해진 게 아닐까.

"예전에 누군가 그렇게 말했어. 그땐 그런가? 뭐든 할 수 있다고? 대단하네, 그랬는데……. 생각해 봐, 만유인력은 어쩌면 당시에도 모두가 알고 있었던 사실이었을지 몰라."

뉴턴이 나무에서 사과가 떨어지는 것을 보고 만유인력을 발견했다는 이야기는 너무도 유명하다. 게다가 최근에는 그 사과가 외의로 그다지 맛있지 않았다는 이야기까지 덩달아 유명해졌을 정도다. 그런데 그게 뭐, 어쨌다는 거야?

"비도 나뭇잎도 새똥도 전부 위에서 아래로 떨어지잖아. 그런 당연한 일을 누가 일부러 발표했겠어? 그런데 그걸 마치 대단한 발견인 것처럼 말한 것이 바로 뉴턴이야!"

"……그렇게 생각할 수도 있겠네."

어느 사이에 날이 완전히 밝아 있었다. 신호등이 초록불로 바뀌고, 길을 건넜다. 몇 킬로미터나 걸었는지 알 수 없었지만 지도는 보지 않았다.

"그러니까 누구나 뉴턴처럼 대단한 일을 할 수 있다,

이거지?"

"그래. 뉴턴도 시간이 남아돌아서 멍하니 사과만 보다가 세기의 대발견을 한 거잖아. 모두가 알고 있는 사실을 굳이 큰 소리로 말한 것뿐이라고. 기회란 누구에게나 찾아오지. 그것을 자기 것으로 할 수 있느냐 없느냐, 그게 중요한 거야!"

"······그럴지도."

차츰 소년이 무슨 말을 하려는 건지 알 것 같았다. 누구나 결심하면 마음먹은 대로 할 수 있는 기회는 얼마든지 있다. 걷는 것은 누구나 할 수 있다. 기권 역시 마찬가지다. 마지막까지 걸어서 무엇을 발견할지는 걷는 자신의 의지와 노력에 달려 있다.

"앗, 라구나다!"

"어?"

그때 멀리 하늘에 다시 라구나의 관람차가 보였다.

"아하, 이 코스는 반환점을 돌 듯 중간에 되돌아가게 되어 있는 거야. 82킬로 체크포인트는 다시 라구나 앞의 편의점일 거야, 분명해."

"그래?"

걸어갔던 코스를 되돌아오게 될 줄은 몰랐다. 한밤중에 이 길을 걸을 때는 워낙 어두운 데다 힘이 들어서 주위를 둘러볼 여유조차 없었다. 설마 다시 저 관람차를 목표로 걷게 될 줄이야!

'지금부터 또 한참을 걸어야겠군! 관람차가 아직은 작게 보이잖아.'

그렇게 생각하니 조금 지겨웠지만, 마음은 한결 가벼워졌다. 발바닥의 욱신거리는 통증이 아직 고스란히 남아 있기는 했지만 스트레칭을 한 덕분에 허벅지도 많이 부드러워졌고, 아직 물집이 터지지 않아서 그나마 다행이었다. 날이 밝고 관람차까지만 도착하면 이제 얼마 남지 않았다.

무엇보다 지금 나는 혼자가 아니다!

82킬로미터를 넘으면 포기하는 사람이 거의 없는 이유

"82킬로다!"

"축하합니다. 잘 걸었어요."

"고맙습니다!"

관람차에 도착했을 때의 시간은 오전 8시. 장장 24시간을 쉬지 않고 걸은 셈이었다.

드디어 82킬로미터! 68킬로미터 체크포인트로부터 4시간, 14킬로미터의 긴 여정을 무사히 마쳤다. 오렌지색 점퍼를 입은 한 언니의 말에 너무도 기뻐서 큰 소리로 고맙다는 인사를 했다. 둘이 등 번호를 확인받았다.

이번에도 체크포인트 폐쇄 30분 전이었지만 다행히 시간 내에 도착했다.

지금까지 했던 대로 편의점 건물 뒤쪽으로 돌아가 바닥에 앉아 신발을 벗고 발바닥의 물집이 터지지 않게 조심조심해 가며 양말을 벗었다. 이전 체크포인트에서는 주위도 어두워 자세히 보지 못했는데, 지금 보니 오른쪽 발에만 물집이 무려 네 개나 잡혀 있었다. 기록적인 숫자였다.

마지막까지 터지지만 말라고 속으로 빌면서 발바닥 가운데를 꾹꾹 눌러 주었다. 마사지를 해 주었던 아저씨만큼은 아니어도 이렇게 눌러 주는 것으로 조금이라도 통증이 가라앉으면 좋을 텐데…….

왼쪽 발도 양말을 벗어 물집을 세어 보았다. 이쪽은 모두 세 개였다. 오, 합하면 행운의 숫자 7이 되었다. 이렇게 시시한 생각을 하면서 왼쪽 발바닥도 꾹꾹 눌러 주었다.

양말을 두 켤레 겹쳐 신은 다음 천천히 스트레칭을 했다. 옆을 보니 소년은 고기만두를 열심히 먹고 있었다.

나도 질세라 만두와 닭꼬치구이를 먹었다. 지금은 다이어트가 문제가 아니었다.

우리 외에도 주위에는 많은 사람들이 휴식을 취하고 있었다. 밤에 걸을 땐 그렇게 코빼기도 안 보이더니 어디서 갑자기 나타난 걸까?

그때 고기만두를 다 먹은 소년이 일어섰다. 벌써 출발하려나 보다 싶어 올려다보니, 이쪽으로 다가오는 사람을 보고 있었다.

"요이치!"

"아빠!"

왼쪽 다리를 가볍게 끌면서 소년은 아버지에게로 걸어갔다. 소년의 아버지는 마침 이곳에서 참가자들을 서포트하고 있었던 모양이다.

'아빠? 그것 봐, 역시 아빠라고 하잖아!' 그렇게 생각하면서 나는 다시 피자만두를 먹었다. 소년의 아버지는 기분이 좋은 듯 계속 소년에게 말을 걸었다. 그 모습을 나는 멍하니 쳐다보았다. 소년도 그게 싫지만은 않은 듯했다. 무뚝뚝한 표정 대신 조금 수줍어하며 웃어 보였다. 그렇게 웃으니까 훨씬 어려 보였다.

왠지 나와는 멀리 떨어진 다른 세계의 일을 텔레비전으로 보고 있는 것만 같았다. 여러 가지 의미에서 나에게는 그다지 익숙하지 않은 광경이었다. 어렴풋한 기억을 아무리 더듬어도 아빠와 저렇게 다정하게 지낸 기억이 없었다.

"여기까지 혼자 걸었니?"

"아뇨……."

소년이 내 쪽을 힐끗 쳐다보았다. 그러다가 바닥에 앉아 피자만두를 먹고 있던 나와 눈이 마주쳤다. 뭐야, 왜 그래?

"어, 저 애랑 같이?"

이번에는 소년의 아버지와 눈이 마주쳤다. 얼굴은 그리 닮지 않았는데, 분위기는 똑같다.

"고맙다, 정말 고마워!"

소년의 아버지가 내 옆으로 다가와 앉더니 내 눈을 쳐다보며 말했다. 한 입 베어 문 피자만두를 나는 서둘러 삼켰다.

"이름이 뭐니?"

"미치루요……, 쓰카모토 미치루예요."

"미치루, 정말 고맙다. 우리 아들과 같이 걸어 줘서 고마워!"

이제껏 누구에게 고맙다는 이야기를 들어 본 일이 거의 없었다는 사실이 떠올라 갑자기 당황스러워졌다. 아저씨가 다정하게 내 손까지 잡고 말하는 바람에 더 당황스러웠다.

소년은 아버지 뒤에서 난처한 표정을 지으며 머리를 긁적거렸다. 소년의 아버지의 눈에서는 눈물까지 반짝였다.

왜지? 나는 감사받을 일을 한 게 없는데, 오히려 감사의 마음은 내 쪽에서 전해야 하는데…….

"감사는 제가 해야 해요."

그렇다. 내가 그 애한테 감사해야 한다. 몸도 마음도 완전히 지쳐 버린 60킬로미터 체크포인트에서, 또 완보를 포기하고 기권 버스에 타려 했던 편의점에서 내게 두 번씩이나 말을 걸며 용기를 북돋아 준 사람이 바로 소년이었다. 처음 보는 사람에게 대뜸 '너'라고 부르며 무뚝뚝하게 말을 건네고, 때로는 어울리지 않게 수다를 늘어놓았던 소년……, 아버지를 좋아하는 이 소년에게 내가 감사해야 한다.

"그래?"

소년의 아버지는 살짝 떨리는 목소리로 그 말만 하고는, 기분이 좋은 듯 연신 빙글빙글 웃고 있었다. 그 얼굴을 보고 있자니 왠지 가슴이 뭉클해졌다. 자식을 향한 아버지의 사랑을 이렇듯 절절히 느끼는 일이 앞으로 다시는 없을 거라고 생각했다.

"나, 출발할래요."

"벌써? 미치루는?"

"쟨 몰라요."

소년은 쑥스러워 더 이상 그 자리에 머물러 있을 수 없다고 판단했는지 내게 등을 돌리며 일어섰다. 역시 왼쪽 다리를 가볍게 끌면서 걸었다. 마사지를 받아야 한다는 아버지의 말에도 끝내 돌아보지 않았다.

"제게 물집을 터진 것뿐이라고 했어요."

"오, 그랬니?"

아들의 다리 상태를 걱정하는 것 같아서 내가 소년의 아버지에게 그렇게 이야기해 주었다. 그는 마치 자신의 발의 물집이 터지기라도 한 것처럼 고통스럽게 얼굴을 찌푸렸다.

그때 앞서 걸어가던 소년이 뒤를 돌아보며 나에게 이렇게 말했다.

"먼저 가서 결승점에서 기다릴게!"

'물집까지 터진 주제에 큰소리는…….' 알았다는 표시로 손을 들어 보이자 소년이 다시 말했다.

"나는 9시 출발 팀이야. 너보다 한 시간은 빨라!"

무슨 말인가 했더니……. 그렇게 말하고는 다시 등을 돌려 다리를 질질 끌며 걷기 시작했다.

"아직도 힘이 넘치나 봐요!"

"그러게. 녀석, 이기고 지는 것은 중요하지 않다더니……."

소년의 아버지가 약간 어색하게 웃었다. 나도 따라서 살짝 웃었다. 어쩐지, 내가 지도를 보며 2시까지 도착해야 한다고 했을 때 아무 말도 하지 않더라니……. 이제 보니 그래서 그랬던 거야. 이번 대회는 참가자가 많아서 8시, 8시 반, 9시, 세 팀으로 나뉘어 출발했다. 따라서 30시간 이내에 결승점에 도착해야 하는 조건은 똑같지만 출발 시간이 다른 만큼 도착 시각도 팀에 따라 차이가 생길 수밖에 없었다.

그러고 보니, 자기가 9시 출발 팀이라는 사실을 일부러 말하지 않았던 거야. 결승점 이외의 체크포인트 폐쇄 시간은 모두 같으니 시간에 쫓기기는 마찬가지만…….

"저도 이제 출발해야겠어요."

나도 천천히 일어나 다리를 풀어 준 뒤 소년의 아버지에게 말했다. 그리 시간적으로 여유가 있는 것도 아니고 무리하지 않으려면 가급적 쉬는 시간을 줄이는 수밖에 없었다.

"미치루, 고맙다!"

"아뇨, 저는 정말 한 게 없어요."

"아니야! 경쟁하는 상대가 없었다면 유이치는 밤새

걷지 못했을 거야. 그만큼 100킬로미터 걷기는 가혹한 과정이지. 사람들이 흔히들 쉽게 생각하는 그런 걷기 대회가 아니야."

"그런데 아저씨는 왜 몇 번씩이나 이 대회에 참가하셨던 거예요?"

나도 모르게 내 입에서 그런 말이 튀어나왔다. 소년의 아버지는 잠시 고민하는 표정을 짓더니 시야에서 사라진 아들의 뒷모습을 찾는 듯 먼 곳을 바라보며 이렇게 말했다.

"감동이 있기 때문이지. 그리고 감사를 느낄 수 있기 때문에 힘들고 고통스러워도 다시 용기를 내서 걷는 거란다!"

"감동, 감사……."

"미치루, 너도 완보하면 알게 될 거다!"

감동과 감사라고? 참가 안내서에 씌어 있던 어휘와 문장 그대로다. 소년의 아버지도 더 이상은 이야기해 주지 않았다.

나는 다시 혼자 걷기 시작했다. 지금부터는 약 5킬로

미터마다 체크포인트와 휴게소가 마련되어 있다. 나의 목표는 완보! 신기하게도 더 이상 불안한 마음은 전혀 없었다. 내가 해야 할 일은 이제 분명했다. 완보를 향해 끝까지 최선을 다하는 것뿐.

소년의 아버지가 마지막에 해 준 말을 떠올렸다. 즉, 68킬로미터부터 82킬로미터 사이에 기권자가 가장 많이 나온다는 것이었다. 14킬로미터라는 까마득해 보이는 거리에 그만 자신감을 잃고 스스로 기권 버스에 오르는 사람도 있고, 제한 시간 내에 체크포인트에 도착하지 못해 눈물을 머금고 차를 타는 사람도 있는 모양이다.

"그런데……."

소년의 아버지가 갑자기 씩 웃었다.

"82킬로미터 체크포인트를 지나면 기권하는 사람이 거의 없지. 여기까지 오면 끝까지 가자고 생각하는 사람이 대부분이거든. 실제로 어떻게든 끝까지 걷게 된단다. 이미 82킬로미터나 걸었으니, 나머지 18킬로미터는 금방이야."

무나카타 할아버지와의 짜릿한 재회

이후 10킬로미터를 걷는 동안 여러 가지 생각이 머리를 스쳐 지나갔다. 엄마, 사토시, 외삼촌, 외할머니, 그리고 아빠…….

내가 초등학생 때 부모님이 이혼했기 때문에 기억이 날 만도 한데, 이상하게도 아빠의 얼굴은 거의 기억조차 남아 있지 않았다. 아마 엄마와 이혼하기 전에도 아빠는 밖으로만 나돌았을 것이다.

엄마는 왜 이혼했을까? 다음에 기회가 되면 한번 물어보자.

아빠가 없는 생활에 너무 익숙해진 나머지 그런 것은 생각해 본 적도 없었다. '이 대회가 끝나면 엄마에게 물어보는 것도 좋지 않을까. 나의 질문에 옛날 일이 떠오를 테고, 어쩌면 화가 난 나머지 원래의 강한 엄마로 다시 돌아갈 수도 있을지 모르니까.'

그때 주머니 속에서 휴대전화의 진동음이 느껴졌다. 사토시였다. 어젯밤 12시쯤 보낸 문자 메시지를 끝으로 연락이 없던 차였다.

만사태평인 아이이니 늘어지게 잠을 잤겠지. 시계를 보니 9시. 야, 어제부터 훌륭한 걸? 이 녀석, 내가 없어야 규칙적인 생활을 하는 거 아냐?

히죽대는 녀석의 건방진 얼굴이 머릿속에 떠올랐다. 이 녀석, 분명 내가 기권했을 거라고 생각하고 있을 거야. 하긴 내가 사토시라도 밤새 쉬지 않고 걸으리라고는 상상하지 못했겠지. 벌써 기권해 버린 게 틀림없다고 생각하고 있을거야.

"지금은…… 지금, 85킬로미터야."

"85라고? 아직도 걷고 있는 거야?"

"그래, 걷고 있어. 미안하지만 낮 12시 조금 지나면 결승점에 도착할 거야."

변성기라서 쉰 소리를 내는 사토시의 목소리도 지금은 듣기 좋다. '어때 놀랐지? 누나도 제대로 마음먹고 도전하면 무슨 일이든 할 수 있다고. 내가 언제까지 마라톤 꼴찌라고 놀림 받을 줄 알았니?'

사토시는 휴대전화 너머에서 소리를 지르며 난리가 났는데, 너무 흥분한 바람에 무슨 말을 하는지 도무지 알아들을 수가 없었다. 소리를 지르던 사토시는 결국 "누나 짱이야!"를 연발하고는 전화를 끊었다. 24시간 넘게 제대로 쉬지도 못하고 걸었다. 내가 정말 대단한 일을 하고 있는 걸지도 모른다.

그 후 짧은 휴식과 스트레칭을 하면서 2시간 남짓 걸었다. 92킬로미터 체크포인트에 도착했을 때는 시곗바늘이 오전 11시를 가리키고 있었다.

쉬고 있는 사람들 사이에서 소년의 모습을 찾았지만 그 지점을 이미 통과한 듯 보이지 않았다. 대신 마사지를 기다리는 사람들 속에서 낯익은 얼굴을 발견했다. 가까이 다가가 확인한 나는 너무도 기뻐서 크게 소리를 질렀다.

"무나카타 할아버지!"

"오, 미치루!"

무척이나 지친 얼굴이었지만 무나카타 할아버지가 분명했다. 30킬로미터 체크포인트에서 헤어진 후 드디어 다시 만난 것이었다. 할아버지와 재회할 수 있을 거라고 생각하지 않았기 때문에 정말 눈물이 왈칵 쏟아질 만큼 반가웠다.

할아버지를 만나니 안심이 되는 건 왜일까. 어제 이 시간만 해도 전혀 모르는 남이었는데, 고작 몇 시간 같이 걸은 사람과 우연히 다시 만났을 뿐인데, 왜 이렇게 기쁘고 마음이 놓이는 걸까.

"미치루도 여기까지 왔구나!"

"네! 할아버지가 우비를 주신 덕분에 빗속에서도 걸을 수 있었어요."

"그랬니?"

무나카타 할아버지는 기쁜 듯 환하게 웃었다. 하지만

처음 만났을 때보다 눈에 띄게 기운이 없어 보였다.

"미치루는 역시 젊구나! 나는 다리도 아프고, 허리도 시원찮아서 빨리 걷지를 못해. 그래서 시간 안에 도착할 수 있을지 걱정이구나."

"할 수 있어요. 도착할 수 있어요, 할아버지!"

마음 약한 소리를 하는 무나카타 할아버지에게 내가 큰 소리로 말했다. 그런 자신감이 어디서 나왔는지 모르지만 나는 자신만만하게 말했다.

"앞으로 8킬로, 제한 시간인 2시까지는 아직 3시간이나 남았어요. 그러니까 1시간에 3킬로 페이스로 걸으면 돼요. 올해는 꼭 완보하셔야죠, 할아버지. 얼마 안 남았어요. 절대 포기하시면 안 돼요. 이제부턴 저랑 같이 걸어요."

어제 이맘때만 해도 내 입에서 이런 말이 나올 줄은 상상도 하지 못했다. 하지만 지금의 나는 많은 사람들의 도움과 응원으로 여기까지 꿋꿋하게 걸어온, 어제와는 전혀 다른 나다.

나를 격려해 주고 기꺼이 도움을 베풀어 준 사람들에

게 일일이 은혜를 갚을 수는 없다. 대신 누군가를, 30킬로미터까지 나를 이끌어 준 무나카타 할아버지를 내가 결승점까지 응원하며 같이 걸어 주고 싶다. 할아버지와 같이 나란히 결승점을 밟고 싶다.

"미치루, 고맙다!"

"할아버지도 참. 감사해야 할 사람은 할아버지가 아니라 바로 저예요."

할아버지가 가르쳐 준 대로 한밤중의 초콜릿은 꽤나 훌륭한 에너지원이 되었다. 비가 올 때 할아버지가 준 우비가 없었다면, 어쩌면 나는 그때 이미 걷기를 포기했을지도 모른다. 감사하다고 말해야 하는 것은 나인데, 이번에도 먼저 이야기하지 못했다. 나는 매번 도움만 받는데…….

무나카타 할아버지의 마사지가 끝나기를 기다렸다가 우리는 나란히 걷기 시작했다. 앞으로 4킬로미터는 오르막길이다. 처음 30킬로미터 구간에 있었던 오르막처럼 굉장히 가파르고 힘든 오르막길. 인도가 좁은 탓에 우리는 일렬로 걸을 수밖에 없었다. 30킬로미터 때는 무

나카타 할아버지의 배낭만 쳐다보면서 걸었는데, 이번에는 내가 앞장섰다.

'무슨 일이 있어도 포기하지 말고 무나카타 할아버지와 같이 완보해야 한다.' 지금 내 머릿속에는 오직 그 생각뿐이었다.

결승점에서 만난, 휠체어 탄 엄마

힘이 들면 길가에서 잠시 쉬다 걷고 다시 쉬다 걷고 하기를 약 1시간 반. 4킬로미터를 지나 96킬로미터 지점의 마지막 체크포인트에 도착한 시간은 12시 반 무렵이었다. 앞으로 1시간 반만 더 지나면 우리가 완보할 수 있을지 없을지 알게 될 것이다.

시간 여유가 많지 않은데, 공교롭게도 마사지의 대기 행렬이 길게 늘어서 있었다. 마지막 4킬로미터에 대비하려는 것은 모두 마찬가지인 모양이었다.

"나는 괜찮으니, 너 먼저 가거라."

시간을 신경 쓰는 나에게 무나카타 할아버지가 말했다. 할아버지의 표정으로 보아 극심한 다리의 통증을 참고 있다는 것을 금방 알 수 있었다.

"할아버지, 바닥도 괜찮으시면 한번 누워 보실래요?"

다시 시간을 확인한 다음 내가 말했다. 마사지 순서를 기다릴 여유는 없었다. 하지만 이 상태로는 무나카타 할아버지가 마지막 4킬로미터를 걷기는 아무래도 무리일 것이다. 내리막길을 걸어 내려올 때 다리에 무리가 생긴 것 같았다.

"제가 마사지해 드릴게요."

무나카타 할아버지는 깜짝 놀라며 고개를 세차게 가로저었다.

"난 괜찮아. 너야말로 힘들지 않니? 나는 상관 말고 어서 가거라. 그럼 너라도 완보할 수 있어."

"싫어요, 저만 완보하는 건……."

나는 무나카타 할아버지와 꼭 같이 완보하기로 결심했다. 30킬로미터 지점에서 그랬듯 100킬로미터 결승점에서도 할아버지와 함께 사진을 찍고 싶었다.

나는 억지로 할아버지를 바닥에 눕혔다. 60킬로미터 체크포인트에서 최선을 다해 마사지해 주었던 아저씨의 손놀림을 떠올렸다. 아저씨처럼은 아니더라도 무나카타 할아버지의 다리 근육을 조금이라도 풀어 줄 수 있으면 될 것이었다.

할아버지는 엎드려 누운 채로 몇 번씩이나 내게 고맙다는 말을 했다.

"저도 서포터로 대회에 참가한 아저씨에게 마사지를 받았어요. 그래서 여기까지 올 수 있었죠. 지금 그 은혜를 갚고 있는 거예요. 그 아저씨한테는 직접 갚을 수 없지만 적어도 할아버지께는……. 그리고 할아버지가 아니었다면 전 그 아저씨에게 마사지를 받기도 전에 아마 기권해 버렸을 거예요."

나는 천천히 할아버지의 다리를 마사지했다. 서투른 손놀림이 할아버지의 몸에 얼마나 효과가 있을지 모르지만 어떻게든 100킬로미터까지 함께 완보할 수 있게 되면 좋겠다!

짧은 시간이었지만 마사지가 끝나자 할아버지는 일어

나 웃으면서 말했다.

"고맙다! 미치루 덕분에 다리가 많이 부드러워졌어. 마음 약한 소리해서 미안하다. 자, 이제 같이 결승점까지 신나게 걸어 볼까?"

"……네!"

12시 40분, 무나카타 할아버지와 나는 다시 걷기 시작했다.

이제 남은 거리는 4킬로미터, 남은 시간은 1시간 20분. 마지막 4킬로미터는 방파제를 따라 바닷가 옆으로 난 길을 걷는 코스다. 이곳은 지금까지의 코스와는 확연히 달랐다.

익숙하지 않은 길을 두리번거리며 걷는데, 앞에 왠지 낯익은 뒷모습이 보였다. 바로 그 소년이었다. 이번에는 왼쪽 다리만이 아니라 오른쪽 다리까지 가볍게 끌며 걷고 있었다. 결국 오른쪽 발의 물집도 터졌나?

"같이 가자."

"뭐야, 또 너야?"

뒤돌아본 소년이 무뚝뚝하게 말했다.

"친구니?"

"도중에 만나 같이 걸었어요."

무나카타 할아버지에게 이야기해 주었다. 이제 우리는 자연스럽게 셋이서 걷게 되었다.

"여기를 빅토리 로드라고 한다는데……."

소년이 중얼거리듯이 말했다. 바로 옆이 바다라서 바람이 세찼다.

"아버지가 그랬어."

"오, 그렇게 부른다니? 몰랐네."

무나카타 할아버지가 맞장구를 쳤다.

빅토리 로드. 100킬로미터 코스 가운데 마지막 코스. 포기하지 않고 걸은 사람만이 만끽하며 걸을 수 있는 멋들어진 해안선…….

누구와 승부를 겨룬 것이 아니었다. 누구를 상대로 이긴 것도 아니었다. 몸은 피로로 천근만근이고, 발도 말할 수 없이 아팠다. 그런데도 마음은 기분 좋은 성취감으로 가득 차 있었다.

그때 갑자기 생각이 났다. 그러고 보니, 아직까지 이

유를 듣지 못하고 있었다.

"할아버지, '은혜의 비'라고 부르는 이유, 이제 가르쳐 주세요."

"앗, 그거 나도 들었는데……."

"아, 내 정신 좀 봐. 그러고 보니, 그걸 아직 말해 주지 않았구나!"

무나카타 할아버지는 천천히 걸으며 은혜의 비의 유래에 대해 이야기해 주었다.

"사람은 말이다, 어려운 일을 겪으면 겪을수록 많은 것을 깨닫게 되는 법이란다. 100킬로미터를 걷는 중에 비가 내리면 그것으로 깨닫게 되는 일도 그만큼 많아지지 않겠니? 그렇게 깨달음의 기회를 준다고 해서 '은혜의 비'라고 부른다는구나."

"아, 그래요……?"

많은 것을 깨닫게 해 주는 비. 정말 그럴지도 모른다. 비뿐 아니라 100킬로미터라는 엄청난 거리를 몸소 걷지 않으면 결코 알 수 없는 것, 생각하지 못했던 것들이 많았다.

솔직히 30킬로미터 지점에서 무나카타 할아버지에게 은혜의 비에 대한 유래를 들었다면 그때는 아마 제대로 이해하지 못했을 것이다. 그냥 걷기도 힘든 상황에 비까지 오면 더 힘들 뿐이라며 짜증스럽게만 생각했을 것이다. 하지만 지금은 다르다. '은혜의 비'의 의미를 진심으로 이해할 수 있을 것 같았다.

긴 여정 동안 포기하려 했던 적도 한두 번이 아니었고, 나 자신이 처한 상황을 원망만 하며 울기도 했었다. 하지만 지금은 그런 것들을 웃으면서 돌아볼 수 있게 되었다. 마음속을 가득 채웠던 안개도 모두 걷히고, 감사하는 마음으로 가득해졌다.

그렇게 얼마나 걸었을까? 갑자기 누가 소리를 질렀다. 그 소리에 고개를 들어 앞을 보니 눈앞에 100킬로미터 결승점이 보였다. 많은 사람들이 모여 있는 것이 보였다. 시계를 보니 오후 2시 10분 전.

드디어 도착했다! 나는, 아니 우리는 마침내 완보에 성공했다!

그제야 마음이 놓였다. 100킬로미터를 걷는 내내 시간이라는 적과 싸웠다. 매번 제한 시간에 임박해서 겨우 체크포인트에 도착했기 때문에 열심히 걸으면서도 내내 마음이 불안했었다. 하지만 결국 우리는 멋지게 해내고 말았다.

"야, 왜 울어. 이 상황에 웃어야지 우냐?"

"……시끄러워!"

결승점을 본 순간, 그간의 팽팽한 긴장이 풀린 탓인지 참으려 해도 자꾸만 눈물이 흘러내렸다. 처음에는 도저히 무리라고 생각했던 결승점이었는데, 걷기 시작하면서 시나브로 어렴풋하게나마 100킬로미터라는 거리가 구체적으로 보이기 시작했고, 마지막에는 어떻게든 완보하고 싶다는 확실한 목표로 변해 있었다. 도저히 불가능한 목표로만 보였던 그 결승 지점이 지금 내 앞에 있는 것이다.

나 혼자 힘으로는 도저히 불가능했을 완보다. 힘들고 고통스러울 때마다 누군가 내게 기꺼이 손을 내밀어 주었다. 마음이 약해지려 할 때마다 다가와 내 등을 밀어 주었다. 그랬기 때문에 결승점을 향해 한발 한 발 걸을 수 있었다. 그리고 마침내 100킬로미터라는 긴 여정을 완보할 수 있었다.

"축하합니다!"

오렌지색 점퍼를 입은 사람들이 박수를 치며 진심으로 축하해 주었다.

언제였더라? 학교 마라톤 대회에서 꼴찌로 결승점에 들어왔을 때 선생님뿐 아니라 이미 결승점을 통과한 반 친구들이 잘했다, 수고했다며 격려해 주었던 것이…….

그때는 창피하기만 했다. 결승점에 들어와 거친 숨을 몰아쉬며, '조금 더 빨리 뛸 수 있었을 텐데' 하는 생각에 죽고 싶을 만큼 우울하고 기분이 나빴다. 그때는 선생님이나 친구들이나 달리기가 느린 나를 깔보는 마음이 있었기 때문에 반대로 좋은 말을 해 주는 것이라고, 속 좁은 생각까지 했었는데…….

하지만 지금은 알 것 같다. 힘들고 고통스러운 만큼 분명하게 알 것 같다. "축하합니다!"라는 그 말 한마디가 얼마나 기분 좋은 말인지를! 힘들 때 "힘내!"라는 그

평범한 한마디가 얼마나 고마운 말인지를! 누군가에게 고마움을 느낄 때 갖게 되는 감사의 마음이 얼마나 깊고 따뜻한 것인지를!

눈물은 지난 밤 흘린 것으로 전부 말라 버렸다고 생각했었다. 혼자 걷는 밤길이 힘들고 불안해서 흘렸던 그 눈물……. 그 눈물과는 전혀 다른 의미의 눈물이 지금 내 뺨을 타고 흘러내리고 있었다.

대회 관계자들이 참가자가 결승점을 통과하는 감격적인 순간을 일일이 사진을 찍어 주고 있었다. 나는 눈물 범벅인 얼굴로 만세를 부르며 결승 지점을 통과했다. 무나카타 할아버지도 처음 해낸 완보에 감격스러워 울먹이고 있었고, 소년도 눈물을 훔치며 결승점에서 기다리던 아버지의 품에 와락 안겼다. 소년의 아버지도 결국 눈물을 흘리고 말았다.

"미치루!"

박수와 축하의 소리에 섞여 누군가 나의 이름을 부르는 소리를 들은 것 같았다. '누구지? 이곳에 나를 아는 사람이 있을 리 없는데…….' 소리가 난 쪽으로 나는 천천히 몸을 돌렸다. 한데, 그곳에 전혀 생각지도 못했던 사람의 얼굴이 보였다.

"……엄마?"

"미치루!"

휠체어에 탄 엄마가 나를 바라보며 내 이름을 부르고 있었다.

"결국 해냈구나!"

"엄마!"

엄마가 휠체어에서 손을 뻗었다. 나는 주뼛거리며 그 손을 잡았다. 엄마도 나의 손을 꼭 잡아 주었다.

"……잘했어! 우리 딸, 정말 장하다 장해!"

잠시 멎었던 눈물이 다시 흐르기 시작했다. 휠체어 앞에 쭈그리고 앉아 소리 내어 우는 나의 머리를 엄마가 부드럽게 쓰다듬어 주었다.

그래. 나는 지금까지 엄마에게 이런 말을 듣고 싶었던 거야. '노력해라', '최선을 다해라'라는 말은 수도 없이 들었지만 사실 내가 한 일에 대해 제대로 칭찬받은 적은 거의 없었다.

엄마가 기대했던 만큼 성과를 내지 못하는 나를 엄마는 늘 불쌍하다는 듯 포기한 눈빛으로 쳐다보며 한숨만 내쉬곤 했었다.

나는 엄마에게 진심으로 칭찬을 받고 싶었던 것이다. 하지만 언제나 마음뿐이었다. 무슨 일이든 끈기 있게 해내서 엄마한테 인정받고 싶었지만 좀처럼 집중하지 못하고 얼마 못 가 포기해 버리곤 했다. 지금까지는 그랬다.

"장하다 장해, 우리 딸!"

"엄마……!"

그랬기 때문에 사고 후 모든 것을 포기한 엄마의 모습에 큰 충격을 받았던 것이다. 늘 자신만만했던 엄마가 모든 것을 포기한 채 아무런 노력도 하지 않는 것이 나는 무엇보다 슬펐다.

"……엄마도 걸어 봐."

눈물로 인해 시야가 흐려져 엄마의 얼굴이 또렷하게 보이지 않았지만 그렇게 말하면서 나는 엄마의 손을 더 꼭 잡았다. 지금의 엄마에게 내 마음이 얼마나 제대로 전해질지 알 수 없지만 그래도 조심스럽게 말을 꺼내 보았다. '엄마가 다시 한 번 자기 힘으로 걸었으면 좋겠다. 아무리 재활 치료가 힘들어도 포기하지 않고 이겨 냈으면 좋겠다…….'

"엄마가 예전처럼 최선을 다하는 모습을 보고 싶어!"

고개를 들어 엄마를 보니 눈물로 희미한 시선 너머에서 엄마도 눈물을 흘리고 있었다.

"엄마, 제발 부탁이야!"

다시 걸어 제발. 다시 최선을 다해 살면서 나를 야단쳐 줘. 나와 사토시를 지구의 인력보다 강한 힘으로 이끌어 줘. 그럼 언젠가 내가 엄마를 끌어 줄 만큼 성장할게, 그러니 제발…….

엄마가 나의 손을 꼭 잡았다.

"엄마……."

'엄마는 아직 죽지 않았어!'

나의 손을 꼭 잡은 엄마의 손의 힘을 느끼면서 나는 엄마가 그렇게 이야기하고 있다고 생각했다. '엄마는 어떤 시련과 역경도 물리칠 수 있어. 힘들어도 최선을 다해 노력할 거야. 그게 바로 엄마니까!'

"엄마는 네가 자랑스러워!"

갑자기 엄마가 그렇게 말했다. 깜짝 놀라 고개를 들자 오랜만에 엄마의 눈에서 빛이 반짝였다. 내 앞에 엄마가 있다! 엄마가 돌아왔다!

"그만 해, 엄마. 무슨 외국 영화도 아니고……."

겨우 울음을 그치고 나는 그렇게 농담처럼 말했다.

엄마는 내 말에 이전의 자신만만한 모습으로 환하게 웃어 주었다. 나도 언젠가 엄마처럼 환하게 웃을 수 있는 날이 올까? '나는 나를 믿어' 하고 말할 수 있는 날이 올까? 올 거야. 반드시 올 거야! 그러나 생각만으로는 안 된다. 그런 날이 오도록 만드는 것은 나의 노력 여하에 달려 있다. 지금은 그것을 뼈저리게 느낄 수 있다.

"나도 엄마 딸인 게 자랑스러워!"

그렇게 말하며 웃었다. 어떤 표정으로 비쳐졌을지 모르지만 엄마는 내 얼굴을 보며 천천히 고개를 끄덕여 주었다.

외삼촌이 대회 직전 사라진 이유

"어, 이게 뭐지?"

우편함에 들어 있는 봉투를 꺼내 보니 받는 사람 칸에 내 이름이 씌어 있었다. 내 앞으로 올 우편물이 없는데……. A4 크기의 갈색 봉투였다.

"아……!"

혹시나 하는 마음에 현관에 서서 봉투를 열어 보았다. 안에서 나온 것은 완보 증명서와 두 장의 사진. 완보 증명서에는 내 이름과 '완보'라는 글자가 당당히 씌어 있었고, '29시간 54분'이라는 기록도 나와 있었다.

"아, 생각난다."

사진 한 장에는 30킬로미터 지점에서 피곤에 지친 얼굴을 한 무나카타 할아버지와 내가 나란히 서 있고, 다른 한 장에는 울면서 손을 치켜들고 결승점을 통과하는 나와 무나카타 할아버지, 그리고 소년의 모습이 찍혀 있었다.

외삼촌에게 감쪽같이 속았던 그때의 내가 떠올랐다. 엄마의 품에 안겨 울고 있을 때 어디선가 갑자기 외삼촌과 사토시, 외할머니가 나타났다. 이유도 모른 채 멍하니 쳐다보는 나를 모두 축하하며 칭찬해 주었다. 나는 다시 감동에 휩싸여 눈물을 흘렸다.

온천에서 점심을 먹고 외삼촌의 차로 집에 돌아가면서 잠에 빠져들기 직전 뭔가 이상한 느낌이 들었다. 외삼촌은 급한 일 때문에 대회에 참가하지 못한다고 했는데, 왜 여기 있는 거지? 외삼촌에게 궁금함을 털어 놓기도 전에 뭔가에 세게 머리를 얻어맞기라도 한 것처럼 그대로 잠의 어둠 속으로 깊이 빨려 들어가 버렸다. 그러고는 다시 집에 도착하자마자 곧바로 침대로 직행해 내리 15시간 동안 죽은 듯 잠만 잤다.

도중에 몸을 뒤척이다 침대에서 떨어져 잠깐 잠이 깼는데, 온몸의 뼈 마디마디가 욱신거려서 꼼짝도 할 수가 없었다. 다시 침대 위로 올라갈 수 없는 게 아닐까 하는 생각에 눈물이 날 것 같았다. 겨우 기다시피 해서 침대 위로 올라가 다시 잠이 들었다.

다음 날 아침 휴대전화 알람 소리에 눈을 떴을 때 나는 새로운 날이 시작된 것에 감사했다. 그런 감사와 감동도 잠시, 할머니처럼 살살 몸을 달래면서 침대에서 일어나 계단을 내려가는데, 온몸이 욱신거려 정말 죽을 맛이었다. 거실에서 외삼촌의 얼굴을 본 순간, 다시 어제 품었던 의문이 떠올랐다.

도대체 어떻게 된 일이냐고 캐어 묻는 내게 외삼촌은 웃으며 설명해 주었다. 사실은 전부 나를 대회에 참가시키기 위해 외삼촌이 꾸며낸 거짓말이었고, 자신은 엄마를 결승점에 데리고 오기 위해 대회 직전 참가를 취소했다고 했다.

"결과적으로 전부 잘 됐잖아. 걸어 보니 좋았지? 엄마

도 늘 말하잖니. 행복해지기 위해 하는 거짓말도 있다고……."

참으로 외삼촌다운 행동이었다는 생각에 나는 한 번 웃고 더 이상 아무 말도 하지 않았다. 엄마는 그런 말 하지 않아, 하고 정정해 주고 싶었지만 그럴 기운조차 남아 있지 않았다.

그날 이후 엄마는 본격적으로 재활 치료를 시작했다. 나의 완보가 엄마에게 얼마나 영향을 주었는지는 알 수 없었다. 재활 치료 직전 시작한 호르몬제 투여가 효과를 보였던 것일 수도 있었다. 엄마가 예전처럼 다시 걷게만 된다면, 과거의 그 자신만만한 모습으로 돌아갈 수만 있다면 아무래도 상관없었다.

그때 휴대전화의 메시지 도착음이 울렸다.

〈너한테도 사진 왔어?〉

"얘가, 얘가 누나한테 또 너라네."

문자 메시지를 보며 나도 모르게 웃음이 나왔다.

대회 때 만나 같이 걸었던 유이치와는 서로 휴대전화 번호를 교환했다. 문자 메시지를 주고받으면서 알게 된

건데, 유이치는 나보다 한 살 나이가 어렸다. 그래서 앞으로 '누나'라고 부르라고 경고했는데, 도무지 말을 듣지 않는다.

게다가 내년에는 우리 고등학교에 입학할 모양이다. 그것만은 제발 참아 달라고 했는데, 아무래도 의지를 꺾을 생각이 없는 모양이다. 설마 입학한 후에도 학교에서 '너'라고 부르지는 않겠지?

"미치루 왔니?"

거실에서 소리가 들렸다. 힘이 넘치는 엄마의 목소리! 그렇다. 엄마가 돌아왔다! 엄마가 집에 있다. 지금까지는 학교에서 돌아와도 집에 아무도 없거나 2층 방에 사토시 혼자 있을 뿐이라 "다녀왔습니다" 하고 인사하는 습관도 없어졌었다.

엄마의 재활 치료는 순조롭게 진행되어 이젠 지팡이를 짚으면 혼자 힘으로도 걸을 수 있을 만큼 회복되었다. 몇 주 전에 퇴원해 지금은 통원 치료를 받고 있다. 조만간 일도 다시 시작할 모양이다.

"열심히 일할 거야!"

엄마는 다시 예전처럼 의욕이 넘친다. 아니, 이전의 잔소리꾼 엄마로 돌아와 이제 다시 귀가 따가울 정도다. 계속 집에 있다 보니 힘이 남아돌아서 그런지 잔소리가 예전보다 더 심해졌다. 그런 엄마에게 살짝 질려서 사토시와 둘이 몰래 불평을 하기도 한다.

사토시는 내년에는 자기도 100킬로미터 걷기 대회에 참가할 거라며 지금 달리기 연습에 열심이다. 누나 기록보다 세 시간은 단축해 결승점을 통과할 거라며 자신만만해 있다.

나는 내년에는 서포터로 대회에 참가할 생각이다. 한밤중 마음이 약해지려고 할 때 사토시에게 마사지를 해 주고 싶다. 천방지축에 사람 속을 뒤집는 말을 자주 하지만, 그래도 이 세상에 하나뿐인 내 동생이니까!

나의 완주에 자극을 받아 내년에는 기필코 대회에 참가하겠다는 의지를 드러내 보인 외삼촌에게 엄마는 너한텐 무리한 일이라고 모질게 말했다. 미치루도 해냈는데, 내가 못할 게 뭐냐며 자신감을 보이는데도 엄마는 너처럼 실없는 애랑 내 딸을 감히 비교하지 말라며 차갑게 말했다.

엄마의 말에 나는 은근히 기분이 좋았다. 외삼촌은 엄마의 그런 말과 태도에 더욱 흥분해서 펄펄 뛰며 반드시 완보해 보이겠노라고 선언했는데……, 글쎄 결과가 어떻게 나올지.

원래는 외삼촌도 올해 대회에 참가하려고 했는데, 엄마를 결승점에 데려가자는 묘안이 갑자기 떠올라 서둘러 참가를 취소했다고 한다. 외삼촌이 엄마를 직접 결승점에 데리고 왔다는 이야기를 들었을 땐 의외의 치밀한 계획과 깊은 배려에 굉장히 감동했는데, 알고 보니 즉흥적인 생각이었다. 역시 외삼촌답다.

완보 이후 나에게 어떤 변화가 일어났는지는 알 수 없지만, 일단 체육 수업은 무척 성실하게 받고 있다. 걷기 대회로 너덜너덜해진 운동화를 신을 때마다 무슨 일이든 할 수 있다는 기분에 대충 넘어갈 수가 없다. 오래 달리기든 농구든 발레든 뭐든 최선을 다한다.

"미치루, 집에 왔으면 얼굴 보이고 다녀왔다는 인사 정도는 해야지!"

거실에서 한 톤 높아진 엄마의 목소리가 들렸다. 저러다가 엄마가 폭발하는 것은 시간 문제다.

"네!"

서둘러 대답하고 현관에 벗어 던진 신발을 가지런히 정리한 뒤 엄마에게 사진을 보여 주기 위해 얼른 거실로 뛰어갔다.

저자 후기

100킬로미터 걷기가
내게 선사해 준 소중한 깨달음

　작년에 100킬로미터 걷기 대회에 참가하게 되면서 많은 것을 깨달았습니다. 그 소중한 경험과 깨달음을 글로 쓴 것이 바로 이 책입니다.

　100킬로미터를 걷기만 하면 된다―. 말로 하자면 그게 다인데, 그저 걷기만 하는 것이 나에게 큰 깨달음과 용기를 주었습니다. 인생의 터닝 포인트가 이렇게 눈에 보이는 형태로 존재할 수도 있구나, 하고 신선한 충격을 받았을 만큼 100킬로미터를 걸은 경험은 내 인생의 커다란 의미와 가치를 발견하게 해 주었습니다.

100킬로미터. 차를 타고 이동하는 거리가 아니라 한 발 한 발 걸어서 도달해야 하는 거리로서 100킬로미터는 결코 녹록치 않은 거리입니다.

웬만한 사람의 경우 30킬로미터 지점에서 체력이 바닥나기 시작하고, 누구든지 70킬로미터가 넘으면 몸에 이상 조짐이 나타납니다. 나머지는 오로지 반드시 해내겠다는 근성과 끈기로 걸을 수밖에 없습니다. 자신과의 싸움이 본격적으로 시작되는 것입니다.

그 고통스런 여정에서 느끼고, 생각하고, 배우고……극한 상황을 겪는 과정에서 일어나는 사고의 변화와 의식의 성장은 직접 걸어 본 사람이 아니면 장담하건대 결단코 알 수 없습니다.

하지만 나는 직접 100킬로미터를 걸어 보지 않은 사람에게도 내가 겪고 느낀 이 경험과 기분을 생생히 전해 주고 싶었습니다. 그래서 이 책을 쓰게 되었습니다. '100킬로를 걷는 것뿐인데, 뭘.' 이렇게 가볍게 보아 넘겼던 사람들의 생각이 이 책을 통해 조금이나마 바뀌면 좋겠습니다.

100킬로미터를 걸을 수 있도록 기회를 만들어 주고, 걷는 동안에도 마사지를 해 주며 응원을 아끼지 않은 스기다 씨, 힘든 구간을 내내 함께 걸어 준 쓰보이 씨, 구로키 선배, 하야시 선배, 다케다, 인터넷 쇼핑몰 '북쪽 나라에서 보낸 선물' 점주 가토 씨, 우라베 씨……, 여러분 덕분에 무사히 완보할 수 있었습니다.

책의 출판을 응원해 주고 미카와 100킬로미터 걷기 대회를 주최해 주신 주식회사 '아지토코코로' 관계자 여러분들께도 감사의 말을 전합니다.

역자 후기

나를 깨워 새로운 나를 찾기 위해, 걸으세요!

이 책을 번역하는 동안 주인공 미치루의 100킬로미터 여정에 함께하는 과정에서 머릿속에 불현듯 꿈틀거리는 '몸'이 떠올랐습니다. 가만히 눈을 감자, 세포 하나하나가 눈을 떠 꿈틀대며 커다란 용틀임을 준비하는 듯했습니다.

인간의 몸은 60조~100조 개의 세포로 이루어져 있다고 합니다. 그것들이 한 치의 오차도 없이 각자 맡은 역할에 충실하며 사람으로 하여금 생각하게 하고, 느끼게 하고, 행동하게 합니다. 세상의 그 어떤 정밀한 기계도 결코 인간의 몸이 가진 완벽함과 정교함을 따라잡지는 못할 것입니다.

게다가 인간에게는 눈으로는 볼 수 없지만 '정신력'이라는 비범한 능력까지 갖춰져 있어서 그야말로 무한한 가능성과 잠재력을 갖고 있습니다. 결국 인간은 육체와 정신의 환상적인 팀 플레이에 의해 살아가는 존재라고도 할 수 있습니다.

그렇다면 몸이 움직일 때 그에 맞춰 정신적인 면에서도 어떤 변화가 일어나지 않을까요? 제 생각엔 그럴 것 같습니다. 그러나 몸의 움직임이라고 해서 일상적인 모든 움직임이 그런 변화를 일으키지는 않을 것입니다. 아마도 평소의 움직임과는 현격히 다른, 일상적이지 않으면서도 뭔가 특별한 행동을 취할 때 우리의 정신과 영혼에는 어떤 의미 있는 변화가 일어난다고 생각합니다.

가령, 어떤 도구도 사용하지 않은 채 오직 자신의 두 다리로만 걸어야 하는 상황……. 그런 상황에서는 믿을 것이라고는 오로지 자신뿐이기 때문에 의식적으로 노력하지 않아도 몸의 모든 세포들이 자연스럽게 눈을 뜨게

됩니다. 단순한 걷기가 아니라 낮과 밤을 연이어 찾아오는 극도의 피로와 졸음, 그리고 추위와 싸워야 한다면 세포의 입장에서도 그동안의 익숙하고 단조로웠던 움직임이 아닌 뭔가 굉장히 자극적이고 새로운 도전이 될 것입니다.

그 낯설고 새로운 도전을 무사히 마쳤을 때 세포 하나하나가 느끼는 성취감과 자신감은 새로운 시선, 새로운 사고, 새로운 마음가짐을 불러오고, 궁극적으로 새로운 '나'로 이끌 것입니다.

육체의 새로운 도전은 괄목할 만한 정신적 성장을 이뤄 냅니다. 그런 까닭에 미치루의 100킬로미터는 단순한 걷기가 아닌, 100조 개의 세포를 일깨워 새로운 자신으로 성장하고 힘차게 나아가도록 격려하기 위한 긍정적인 용틀임이었던 것입니다.

어린 여고생이지만 미치루는 고통스러운 100킬로미터 걷기를 통해 한 단계 성숙한 자아를 갖게 됩니다. 또한 몸의 세포 하나하나가 새로운 도전과 거기서 얻은 성취감을 기억하는 한, 어떤 어려운 상황을 만나도 끝내 포기하지 않고 과감히 도전하며 이겨 내는 멋진 어른으로 성장해 갈 것입니다.

참고로, 우리나라에서도 100킬로미터 걷기 대회가 열립니다. 참가자는 밤과 낮을 연이은 만 하루 동안 자신과의 지난한 싸움에 도전하게 되는데, 완보를 한 뒤에는 말로는 표현할 수 없을 만큼 커다란 성취감을 얻게 된다고 합니다. 한 발 한 발 걸음을 내디딜 때마다 몸의 세포가 깨어나고 새로운 '나'와 마주하게 되는 힘들지만 행복한 여정…….

의학의 아버지 히포크라테스도 말했듯이, 나를 깨워 새로운 나를 찾기 위해 걸으세요, 그것이 가장 좋은 방법입니다!